魔幻偵探所

52

幽暗森林謎案

關景峰 著

新雅文化事業有限公司
www.sunya.com.hk

魔幻偵探所

人物介紹

南森

身分：魔幻偵探所創辦人、領頭羊

年齡：120歲

畢業學校：斯塔福德學院（伏魔系）

學位：博士

捉妖經驗：108年，獲得「捉妖能手」、「怪獸剋星」等稱號

性格：遇事鎮定、善於思考，生氣時聽到幾句好話氣就消了

最具殺傷力的武器：
顯形粉、捆妖繩、無影鋼鐵牆

海倫

身分：魔幻偵探所成員，南森的得力助手

年齡：13歲

畢業學校：劍橋大學（法術系）

學位：學士

性格：開朗、逢事觀察細緻，吵架時總讓着本傑明

最具殺傷力的武器：捆妖繩、凝固氣流彈

本傑明

身分：魔幻偵探所實習生

年齡：11 歲

就讀學校：牛津大學（捉妖系）

性格：聰明淘氣、遇事毛躁

最厲害的戰術：非常規戰術

派恩

身分：魔幻偵探所實習生

年齡：10歲

就讀學校：倫敦大學魔法學院
（反幽靈技術系）

性格：聰明活潑，非常好勝，有時候喜歡誇誇其談

保羅

身分：魔幻偵探所機械狗

年齡：100 歲

工作能力：無所不知的電腦資料庫，善於用百分比分析事物

性格：異想天開、調皮、懶惰

最喜歡的食物：潤滑油

最具殺傷力的武器：追妖導彈

特級裝備

捆妖繩

能夠對準魔怪迅速旋轉收縮，將它捆緊綁實，繩子一旦落到魔怪身上，就像嵌入肉裏，魔怪越掙脫綁得越緊，當然放繩子時可要放得準才行。

無影鋼鐵牆

這堵牆其實就是氣流，它把氣流變成了無影無形的鋼鐵牆壁，能將敵人困在其中，衝不出去。

顯形粉

這是一種非常神奇的粉末，即使魔怪偽裝、隱形了也完全能顯現出它的原形。對了，「顯形」就是「現出原形」的意思！

裝魔瓶

能把魔怪收進裏面，使其在三天內化成清水的神奇瓶子。即使魔怪身形再龐大，也能收進瓶內。

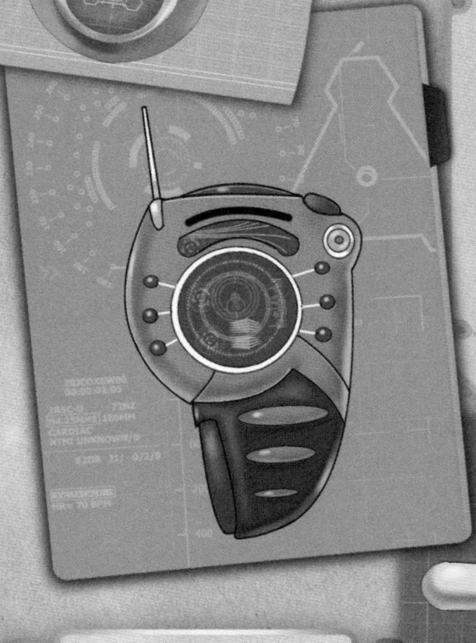

幽靈雷達

能夠準確測定氣流存在的方位，並及時發出警報的裝置。它能跟蹤、測定魔怪在哪裏。不過，如果魔怪的魔力非常強，幽靈雷達有時候也可能測不到，它的更強大的功能還有待你去改進！

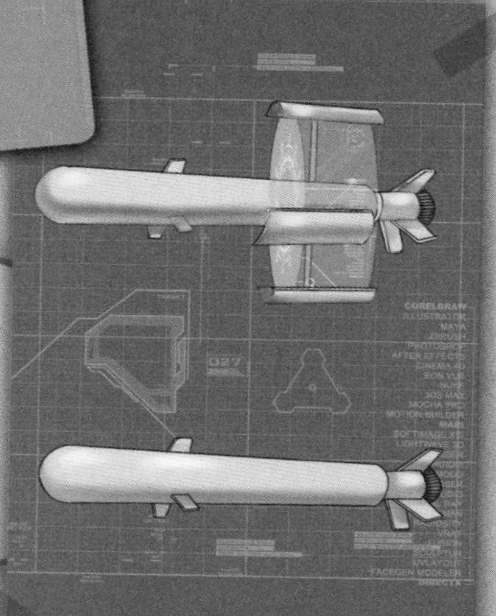

追妖導彈

能夠自動尋找魔怪，進行智能追蹤的導彈，這種導彈威力比較大，一般魔怪根本抵抗不了。

魔幻偵探開始行動！

目錄

第一章	兩宗謀殺案	8
第二章	一場爭吵	17
第三章	萊昂	27
第四章	一個血滴	41
第五章	逃走	50
第六章	塞特森林三兄弟	58
第七章	林中宿營	73
第八章	火攻	80
第九章	派恩的提醒	92
第十章	求助	102
第十一章	林中槍聲	108
第十二章	空中圍捕	125
尾聲		136
推理時間		138

第一章　兩宗謀殺案

「就在前面了。」法國魯昂市警察局警官庫貝爾用手撥開一根低垂下來的樹枝，説道，「南森先生，你們小心別被樹枝劃到。」

南森帶着幾個小助手，跟在庫貝爾警官身後，全部面色凝重，他們正在趕往一宗兇殺案現場，這宗兇殺案，被懷疑為魔怪所為，所以法國警方通過倫敦魔法師聯合會，找來了魔幻偵探所的魔法師們。

這裏是法國北部魯昂市西南的科蒙森林，三天前，一個獵人在森林裏被殺死了，而半年前，同樣是在這個森林，一個尋寶人也死在森林裏，一直沒有破案。兩個死者遇害的地點不到五百米。

南森他們來到一棵大樹前，那裏的空地上，圍着一條警戒線，一個由漆油筆勾勒出來的人形輪廓線很醒目。除此之外，這裏和這片大樹林其他地方沒什麼明顯區別。

海倫和派恩手持幽靈雷達，四下探測着，南森站在警戒線外，看着那個人形輪廓線。本傑明帶着保羅，向樹林深處走去。

「遇難者叫詹森，是魯昂市一家餐館的老闆，也是一個獵人，有合法的狩獵執照。他和朋友説，以前都是去魯昂市東面的森林打獵，可是前些天，他發現那片森林裏多了好幾個獵人，有了競爭對手，所以才轉來這個森林打獵。」庫貝爾在南森身邊，介紹説，「三天前的早上他進入了這片森林，但到了晚上也沒有出來，家裏人着急，打手機也打不通，原本他和家人説好晚上六點就回到家的，於是家人就報警了。搜索隊進來後，發現他已經遇襲身亡了。」

「森林裏有手機信號嗎？」南森看了看四周，問道。

「這片森林比較大，受害者遇害地沒有信號，外沿才有。」庫貝爾説，他和南森的對話都是説英語的，南森是會法語的，偵探所裏就是派恩的法語稍微差一些，「我的意思是，他只要走出森林，手機就會有信號，家人就能聯繫上他，但是一直沒有聯繫上。」

「明白了。」南森微微地點點頭。

「死者是臉朝下倒在地上的，後腦和脖頸後各有一處傷口，應該是由鋭利的器具攻擊造成的。半年前那個死者也有同樣的傷口，不過是三處，脖頸後兩處，後腦一處，兩人都因為失血過多死亡。」庫貝爾繼續説，「第一宗死亡案件，始終無法偵破，直到這次案件，我們留意到死者的獵槍的牌子叫『鬼怪』，槍托上有個長着角的魔鬼標誌。這個地方，被死者用手指蘸着血，畫了一個圈，圈的外面還有一個感嘆號，我們認為這是死者在最後時刻向我們發出資訊，他是被魔怪所害的，當時他也只有這點力氣了。同樣這也能解釋為什麼第一宗案件始終無法偵破了，因為是魔怪作案，我們警方當時出動了上百人，一點線索和痕跡都沒找到。」

「如果是魔怪作案，那麼的確不在你們的偵辦範圍內。」南森說着鑽進了警戒圈，蹲在人形輪廓線邊，「我也認為死者用最後的力氣在槍托的標記那裏畫圈，是給我們提供線索。」

海倫和派恩用幽靈雷達的搜索沒有結果，也許這裏曾經遺留過魔怪痕跡，但因為

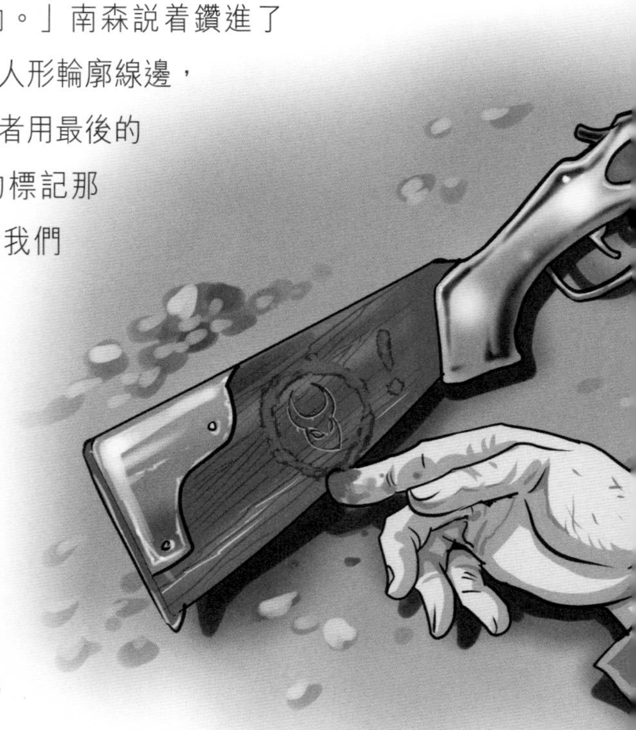

時間過去了三天，現在都消散了。來之前，南森他們是看過兩宗案件的資訊檔案的，無論是第一宗還是這宗案件，警方經過全力調查，森林裏當時就沒有讓一般人進入過，所以兩人被人類所害的可能性極低，從這一點上也能印證出兩宗案件都是魔怪所為。

南森在死者倒下的地方仔細地勘查，不放過每一片樹葉，不過他沒有發現什麼。南森站起來，抬頭看了看高大的樹木，林子裏此時很安靜，只有遠處有雀鳥的鳴叫聲傳來。

「如果是魔怪作案，那麼這片林子裏可能住着一個魔怪了。」派恩晃動了幾下手裏的幽靈雷達，「這裏也不算很大，我們把森林搜索一遍，可能找到魔怪的巢穴。」

「作案兩宗後，魔怪可能先到遠處躲起來呢。」海倫分析說，「我想它繼續留在林子裏的可能性不大。」

「那就不好找了。」派恩點點頭，「啊，第一個遇害者，就是那個尋寶人，在這裏尋什麼寶？」

「這裏是諾曼第地區，歷史上發生過很多戰爭，有人就會在這樣的地方用探測儀尋找歷史遺留物。」海倫說。

「有這些奇怪的職業呀？」派恩聳聳肩，說道。

「也不能算是職業吧，算是一種愛好好像更合適。」海倫想了想，看了看派恩。

前面的一株大樹垂下很多藤蔓，那些藤蔓忽然動了，派恩立即緊張起來，不過從藤蔓後隨即走出來的是本傑明。

「本傑明，有什麼發現？」海倫隨口問道。

「他能有什麼發現。」派恩很是不屑地說，「本天下第一超級無敵魔幻小神探都一無所獲，他就……」

本傑明徑直走到南森面前，南森轉身看着本傑明。

「博士，那邊，有一處魔怪痕跡，保羅探測出來了，確認是人類血跡，奇怪的是血跡中有微量的魔怪反應。」

本傑明明顯是在抑制激動的心情，他指着森林的北面。

「啊、啊……啊？」派恩聽到本傑明的話，驚叫起來。

「保羅在那裏守着呢，距離這裏兩百多米遠。」本傑明繼續說道。

南森揮了揮手，本傑明帶路，大家一起向北面走去。比較激動的還有庫貝爾，這下終於找到魔怪痕跡了，警方因為這兩宗案件，很是焦慮。

儘管還是下午，但由於森林裏樹木眾多，光線被樹葉層層阻隔，森林裏很是昏暗。他們踩在落葉和斷枝上，來到了發現魔怪痕跡的地方。

「博士，是這裏。」保羅看到南森他們走來，指着一棵倒下的樹幹，説道。

保羅的身邊，是一棵半米粗、橫臥在地面上的山毛櫸，這棵樹的枝葉早就掉光了，看上去已經倒下去很長時間了。保羅跳到了樹幹上，他低下頭，雙眼射出兩道紅色的光束，兩條光束聚焦在樹幹上面的一點上。

大家一起圍上去，看着那個聚焦點。保羅收起了光束，聚焦點上，有一個小洞，長寬都不到兩毫米，南森拿出放大鏡。

「我和本傑明在這裏搜索，本傑明邁過了樹幹，我從樹幹上跳過去，但是越過樹幹的時候，我的魔怪預警系統提示發現了魔怪痕跡。我找到這一個小洞，洞裏有極微弱的魔怪反應，我還檢測出人血成分。」保羅有些激動地説道，「是人類血跡和魔怪反應混合了在一起。」

南森用放大鏡，看了看那個小洞，這個洞的深度也僅有一毫米左右。南森收起放大鏡，看了看前方。

「老伙計，你向北，再搜索五百米，看看能不能再找到什麼。」南森説着看看海倫他們，「你們在附近，用幽靈雷達貼着地皮找，這種反應微弱的魔怪痕跡，不貼近是無法探測出來的。」

小助手們立即開始分頭行動，南森的放大鏡把手，折

疊着一把微型刀片，南森把刀片打開，把發現的那個小洞所在的位置，整體挖下來一個一立方厘米體積的木塊，隨後把這個木塊放到了證物袋裏。

這裏的樹林環境，和剛才那片案發地差不多，南森仔細地檢查着周圍，沒有什麼發現。

「這裏不是第一案發現場，剛才那片地方才是。」南森對庫貝爾說，「但是這裏發現了血跡，極可能是那個死者詹森的血跡。回去後，你們要把血型檢測給我們，我們要和發現的這點血跡對比一下。案件的檔案報告，也要送到我們住的酒店，我們只是在倫敦看到了郵件附上的簡單報告。」

「好的，回去後就都給你們送去。」庫貝爾連忙說。

「另外，兩個死者，身上傷口都流了血，都是失血過多死去，你們有沒有檢測出，兩個死者在現場流出的血量缺失很多呢？我的意思是，如果是魔怪作案，我會先看看是不是吸血鬼所為，它們通常會大量吸食被害者的血，所以如果計算死者的總血量，會發現丟失很多，不在死者體內，也不在現場的地面上。」南森說。

「沒有發現現場丟失的血液過多的情況，尤其是第二宗案件後，因為懷疑是魔怪作案，法醫特別檢查了總血量。」庫貝爾回答道。

海倫他們沒有什麼發現，保羅也回來了。

「遇到一隻狐狸，跑了。」保羅説道，「我找出去五百米，什麼都沒發現。」

「大家辛苦了，我們現在可以回去了，先核對一下血跡，然後把兩個案件梳理一下。」南森説着向遠處看了看，「一個魔怪，就躲在這片森林裏，也許現在躲出去了，以後就要看我們能不能找到具體的線索、把它給挖出來。」

科蒙森林這裏，在南森他們離開後，徹底地成為一處動物世界了，以往這裏還會有人進入，無論是狩獵還是尋寶。連續出現命案後，那些可能進入森林的通道，已經被警方完全封鎖了。

第二章　一場爭吵

南森他們前來法國偵辦案件，被安排了在魯昂市的橡樹酒店，酒店距離警察局步行只要五分鐘。回到酒店裏，他們都顧不得休息，南森打開了電腦，找到科蒙森林的地圖，在上面標出了案發地和血跡發現地。

海倫把證物袋裏的木塊拿出來，放到了保羅後背伸出來的托盤上，托盤隨後收起，保羅很快就檢測出血跡的血型等數值。本傑明親自去警察局，把法醫檢測出來的血型資料以及兩宗案件的文檔報告拿了過來。

在倒下的山毛櫸樹的樹幹上發現的血跡，就是第二宗案件死者詹森的。這點大家都早已預想到了，但山毛櫸樹和死者倒下的地方相距兩百米，一路上也再無其他血跡，這點當然是非常蹺蹊的。

大家傳看了兩個案件的文檔報告，南森看得很認真，邊看邊記錄。海倫他們看完之後，開始低聲討論。本傑明認為科蒙森林裏住着一個魔怪；派恩覺得的確有一個魔怪，但它並不經常住在森林裏，因為第一宗案件之前和兩宗案件之間，應該也有其他人進過森林裏，但並沒有遇害，所以派恩認為魔怪可能是偶爾才來到科蒙森林。本傑明反駁説沒有遇害的人只是湊巧沒遇到魔怪而已，他倆又爭執起來。

南森合起文檔，站了起來。還在小聲地爭執的本傑明和派恩立即不説話了，他們全都看着南森。南森招呼大家，圍坐在客廳的沙發上。

「我們必須對案件進行一個梳理，找到關鍵點。」南森把椅子搬到沙發旁，坐在椅子上，他的手裏，拿着一個小本子。

小助手們全都聚精會神地看着南森。

「半年前，有一個尋寶人，進入森林，被發現的時候，已經死亡了兩天。這個案件警方始終無法偵破，直到三天前又發生了一宗兇案，警方將兩宗案件進行了綜合分析。」南森的語速逐漸地加快，「三天前，一個獵人進入森林，在一棵山榆樹下遇害，腳印、兇器等證據線索，警方都沒有找到，甚至現場一點搏鬥痕跡都沒有。我們剛才倒是在案發地兩百米外的地方，找到倒下的山毛櫸樹幹上一個小小的魔怪痕跡，血型和死者匹配，同時血液痕跡裏有魔怪反應。應該是魔怪襲擊受害者後，把血帶到了山毛櫸的樹幹上，因此血跡裏能反射出魔怪反應，同時也印證了警方的推論，這兩宗案件，都是魔怪所為。綜合兩案的核心點，在於兩個死者的傷口，幾乎一摸一樣，都是由尖銳物體插破頭顱和脖頸。」

南森說着，低頭看了看小本子。

「魔怪用類似錐子這樣的兇器，插破了兩個人的頭顱和脖頸，造成兩人死亡，隨後它帶着這個錐子一樣的兇器，逃離現場的時候，把血滴了在倒下的山毛櫸樹幹上。」派恩說道，「是不是可以這樣理解？」

「那應該是一大滴血，怎麼會只滴在那麼小的一個小洞裏？」本傑明反駁道，「再說山毛櫸樹周圍沒有發現其他血滴。」

「這個問題是很值得討論的。現在我其實有個發現，那就是兩個受害者遭到攻擊的部位，全部在受害者的後面，具體被攻擊位置在後腦和後脖頸，這說明魔怪是從背後偷襲死者的。」

「啊，這點我給忽視了。」本傑明恍然大

悟說，「要是這樣……兩人都不是直接面對魔怪的，所以現場沒有任何搏鬥痕跡。」

「對。」南森點點頭，「搞偷襲的魔怪，可以斷定，這樣的魔怪自身攻擊力是相對有限的，一般的魔怪，經常是正面對人類攻擊，人類毫無抵抗能力，只有魔力較弱或者體型弱小的魔怪，才善於用偷襲的辦法攻擊人類。」

「是個小魔怪嗎？」派恩聳了聳肩。

「不一定是小魔怪，只是魔力不夠，博士都說了。」本傑明立即教訓他說。

「我剛才也查了，科蒙森林上一次有魔怪出沒記錄，還是七百年前的事，那是一個躲避魔法師追殺的吸血鬼，最後還是被魔法師在森林裏找到，抓住了它。」南森環視着大家，「也就是說，七百年來這個森林沒有魔怪出沒，這次出現的魔怪，有可能是外來的。」

「那它有可能已離開這裏，這裏不是它的老巢。」海倫有些憂心地說。

「這是一個問題，但無論如何，我們的工作要展開，所以接下來，我們要把科蒙森林搜索一遍，如果真有個魔怪藏在裏面，那麼總會留下些痕跡的。」南森語氣堅定地說。

「我覺得也是，一定要展開搜索，也許我們會在森林某個地方找到這個魔怪呢。」海倫比畫着説，「可惜我們手上的線索幾乎沒有，找到的那一點點魔怪痕跡，也無法推斷出它到底是什麼類型的魔怪。」

「一個六百多平方公里的森林，夠我們找的。」派恩説着還活動了一下手腳，「不過沒關係，這是我們的職業……森林裏的小魔怪，我們來了。」

此時已經是下午了，南森他們決定明天一早就進入森林。本傑明和派恩去購買食物和簡易帳篷，這樣大的森林，搜索一遍最少要一周時間。南森和海倫則開始仔細研究地圖，保羅利用自己的搜索系統不停地向他們提供着資料，南森要找到一個最有效率的全面搜索路徑，畢竟他們只有幾個人，這樣大的一個森林，梳理一遍耗時耗力。

第二天一早，南森他們不到七點就來到了科蒙森林外，科蒙森林基本上呈現出一個橢圓形，南北長20公里，東西長30多公里，案發地在森林的中西部。南森他們決定首天的搜索從森林中間位置出發，從南向北，穿越森林的中心區域。從概率來説，魔怪隱藏在森林裏，全都是在極深的中心地帶，躲進森林的魔怪藏身地不會在森林周邊區域的。

海倫和本傑明各自背了一個大背包，裏面是簡易帳篷和配件，派恩和南森的背包裏則全都是食物。保羅最為興奮，面對這未知的森林和可能出現的魔怪，他第一個衝進森林。

「保羅，不要走太快，不要弄出很大聲響呀。」海倫在保羅身後緊追兩步，說道。

「沒事，這裏可是森林的最邊緣呀，魔怪不會藏在這裏的。」保羅說道，「我現在持續發射着探測信號了，沒有發現任何異常。」

海倫和本傑明手中，也各自拿着一台幽靈雷達，海倫負責探測行進方向的左側，本傑明負責右側，他們的雷達不時地探向地面，找尋着魔怪可能留下的微小反應。

他們很快進入到森林之中，森林裏，一直是那麼的昏暗，看起來這座森林很是幽靜，偶爾有小鳥的鳴叫聲從他們頭頂傳來，裏面的動物也不是很多。他們腳踩在地面的落葉和斷枝上，發出「沙沙」的聲響，幾個人看起來，像是露營的遊客。

他們向森林中心進發，連續走了五公里的路，大家都感到有些累了，再向前走了一公里，他們的行進速度明顯都慢了，尤其是海倫和本傑明，他們的背包很大，有些重。

「哎呀，有點累了，休息一會吧。」本傑明說着扶着一棵樹，喘着氣。

「你應該走得慢一些。」南森看看四周的環境，「我們在這裏宿營一小時，然後再前進。」

「帳篷就不用架起來了吧？只有一小時。」海倫看了看南森。

「可以不架起來了。」南森點了點頭。

本傑明坐在了一塊石頭上，派恩給他送來一瓶水，本傑明喝了幾口，他感覺體力立即就恢復了一樣。

保羅好奇地跑出去十幾米，這裏都是大榆樹，樹冠都連在一起了。保羅在周圍轉了一圈，然後走了回來。南森他們全都坐在了地上，保羅跑來跑去的，他可有的是體力。

「也不知道要走幾次才能找到那個小魔怪。」派恩有些抱怨地説，「我們從英國跑到法國，就這樣抓一個小魔怪，怎麼也應該抓個大傢伙呀……」

「派恩，那只是推論的一種，不一定是個小魔怪，也許是魔力有限的魔怪。」本傑明在一邊不屑地糾正道，説着揀起一根小樹枝，向派恩扔了過去，「每天就聽見你『嗡嗡』叫，休息一會也不安心。」

「哇，竟敢攻擊我天下第一超級無敵魔幻小神探！」派恩揀起那根樹枝，扔向本傑明。

「天下第一大笨蛋！」本傑明氣呼呼地，抓起一把樹葉，猛扔向派恩。

派恩躲閃不及，身上黏了很多樹葉和碎屑，他也很生氣，叫着向本傑明撲去，海倫連忙把兩人拉開，南森皺着眉，叫兩個人都安靜地坐到一邊，背對着背。

「我看你們根本就不累，還有力氣吵鬧呢。」保羅繞着本傑明，説道，「一會要是找到了那個連害兩人的魔怪，哪怕再累，你們可要撲上去呀。」

「我是沒問題。」本傑明扭着脖子，氣還沒有消，「就看那個什麼『第一超級』有沒有這個勇氣了。」

「哼，我什麼時候沒有勇氣過……」派恩聽到了本傑明的話，小聲地説，雖然他背對着本傑明。

「吵吵鬧鬧，萬一會驚動魔怪呢。」南森説着向四下看了看，「今後不要再打鬧了……」

似乎有一道閃光在大家頭頂上略過，一隻羽毛漂亮的鳥從樹枝上飛走了。海倫看了看鳥飛走的方向，長出一口氣，她還以為有什麼情況發生了呢。

聽到南森提醒本傑明和派恩的話，保羅下意識地向四周連續射出幾道加強功效的探測信號。

「一切都好，沒有魔怪。」保羅搖頭晃腦地説，「我看一個小時要到了，也該繼續出發了。」

大家聽從了保羅的建議，重新出發。南森讓本傑明走

在最前面，派恩走在最後面，省得兩人再吵起來。他倆的互相吵鬧，經常性是突發的、毫無前兆的。

經過休息後，大家體能恢復過來。很快，他們就走了三公里的路，保羅測試了一下，他們已經位於科蒙森林的中心點區域了，這裏給人的感覺也是更加昏暗，連綿的大樹，密不透風地包圍住了一行人。

大家全都放慢了腳步，就像是前方面臨着敵人一樣，小心地前行。保羅不停地發射着探測信號，海倫他們也用手裏的幽靈雷達四處掃描着，捕捉可能出現的魔怪信號。

忽然，保羅面前閃過一個黑影，地面上出現「窸窸窣窣」的聲響，一隻兔子從一棵樹後躥出。

保羅立即追了過去。追逐小動物，似乎都是他的一種本能反應了，他完全是沒有惡意的，就是想嚇唬那些小動物一下。

「老伙計——」南森連忙喊道，他想叫住保羅。

那隻兔子的速度極快，保羅向北一直追了幾十米，兔子消失了在一棵大樹後，保羅守住腳步，但是，大樹的後面，猛地出現了魔怪反應。

第三章　萊昂

保羅一下就愣住了，但他隨即做出了反應。他直立起身體，先用魔怪預警系統鎖定了反應源，同時用力擺手，提醒身後的南森他們。

南森他們距離保羅不到三十米，看到保羅做出的動作，瞬間都明白發生了什麼。四個人一起卸掉背包，彎着腰，盡最大力不發出聲響，向保羅靠了過去。

保羅自己也移動到一棵倒下的高大樹幹後，他已經鎖定了那個反應源，那就是一個明確無誤的魔怪反應發射源，這意味着一個魔怪就躲在那邊的大樹那裏。

南森他們一起來到高大的樹後，全都蹲在樹後面，警覺地望着遠處。

「博士，有魔怪，距離我們不到三百米，而且這個魔怪應該是迎着我們飛過來的，不過到了那棵樹上，不動了。」保羅有些激動地説，「我們發現它了，它絕對沒有發現我們，否則早就跑了。」

「你是説魔怪躲在樹上？」南森問道。

「是的，魔怪在樹上。」保羅點點頭，「現在是一動不動，好像在一個樹洞裏，或者是坐在樹杈上。」

「準備抓捕。」南森指了指前方，說道。

魔法偵探們平時就演練各種情況下的抓捕方式，南森下令後，本傑明第一個衝出大樹幹後，他手裏拿着幽靈雷達，他的幽靈雷達上也鎖定了魔怪的位置。本傑明沒有直接向前進發，而是繞了一個大圈子，他要繞到魔怪的後面去，封堵住魔怪逃跑的路。

本傑明出發後半分鐘，海倫和派恩一左一右，開始包抄魔怪，他們將在魔怪位置左右一百米處停下，然後和已經就位的本傑明一起實施向中心突進。

海倫和派恩出發後半分鐘，南森拍了拍保羅，保羅跳過了樹幹，南森則站起來跨過樹幹，向前方行進，他們依靠着樹木為掩護，小心地前進着。保羅走在最前面，他牢牢地鎖定着魔怪的位置，走到距離魔怪大概一百米的位置，南森和保羅找到一棵高大的樹，躲了在樹後。

「就在前面，沒有移動，好像是睡着了。」保羅小聲地對南森說，「它絕對沒有發現我們。」

南森點了點頭，隨後扶了扶耳機，此時他和海倫他們的聯絡就用微型的對講耳機進行。

「本傑明，你就位了嗎？」南森首先要確定運動距離最遠的本傑明是否到位。

「剛剛就位，我在魔怪後面，距離它大概九十米。」本傑明的聲音傳來。

「海倫，派恩……」南森又問。

海倫和派恩都已經就位，各自距離魔怪一百米左右。

南森下令開始圍捕，他說完就從那棵大樹後走了出來。他和保羅一起慢慢地前進，森林裏本來光線就暗淡，只要不弄出大的聲響，魔怪很難察覺這種靠近。

很快，南森就看到二十米外的一棵非常高大的樹，那是一個大橡樹，保羅指着那棵樹，用力地點頭，示意魔怪就在那棵樹上，不過南森沒有看見魔怪，保羅剛才判斷魔怪有可能藏在樹洞裏，身體能夠鑽進樹洞的魔怪，應該不算很大。

海倫和派恩也出現在大樹兩側二十米處，南森看到了海倫，也隱約看到了派恩。

「博士，我面對的樹幹上有個樹洞，樹洞裏散着一點點的光，魔怪就在樹洞裏。」本傑明激動的聲音從大家的耳機裏傳來。

「原來在你那個方向。」南森壓低聲音，「大家前進，準備行動。」

南森他們小心地前進，魔怪一點反應都沒有。本傑明的心開始劇烈地跳了，距離越近，樹洞裏散發出來的光也越顯眼。

大家又前進了十多米，距離大橡樹各自都只有七、八米的距離了，魔怪還是沒有反應，這一點倒是有些出乎大家的意料，不過這樣當然更便於實施抓捕。

南森他們互相都能看見了，他們在樹下停住，他們團團包圍了大橡樹。樹洞背對着南森，只有南森沒有看見樹洞裏散發出來的光，海倫和派恩都從側面看見了那淡淡的綠光。

南森用力地一揮手，海倫和派恩看到這個指令動作，飛奔幾步，踏上了樹，樹洞距離地面四米多高，樹洞兩側各有兩個很大的樹杈，海倫和派恩剛好一人站在一個樹杈上。海倫和派恩都看見，一個瘦小的魔怪鑽在樹洞裏睡覺，這個魔怪一點都沒有察覺到魔法師靠近了。

「給我出來——」海倫叫道，她把手伸進樹洞，抓住魔怪，與此同時，派恩也伸手進去，抓住了魔怪。

海倫和派恩把魔怪從樹洞中一把揪了出來，地面上的本傑明已經做好了魔怪逃脱的堵截準備。

「啊——啊——」魔怪大叫起來，它剛才似乎睡得太熟，被揪出樹洞才醒過來。

海倫和派恩跳到地面，魔怪掙扎着，狂叫着，海倫已經掏出捆妖繩，正要捆住魔怪的時候，魔怪猛地一躥，

掙脫了束縛，它的身型比海倫還要矮很多，好像還長着翅膀。它向前跑了兩步，本傑明上來就是一拳，打中了它，魔怪慘叫着，翻倒在地上。

本傑明衝上去，舉起拳頭，要繼續攻擊，忽然他感覺有什麼不對，舉着的拳頭沒有落下去，海倫也作出了一個阻擋本傑明攻擊的動作。

「這是小精靈。」本傑明説，他放下了拳頭，「小精靈有魔力，但從來不作惡。」

「準確地説是樹精靈。」被海倫按住的小精靈掙扎着，擺脫了海倫的壓制，海倫也沒怎麼再去控制他，小精靈説的是法語，不過明顯他能聽懂英語，「你們這些魔法師，不去抓魔怪，抓我幹什麼？」

「你知道我們是來這裏抓魔怪的？」南森已經站在了小精靈的身邊，也開始説法語，「你知道森林裏有魔怪？」

「我不知道。」小精靈站了起來，比畫着説，他很是激動，一副氣憤的表情，「但你們不就是幹這個的嗎？你們不抓魔怪了？改行了？」

「你怎麼會在這裏的？」派恩沒好氣地問道，「我們查過的，這個科蒙森林裏沒有小精靈。」

「準確地説是樹精靈。」小精靈立即反駁起來，「這裏以前有沒有其他精靈我不管，反正我就是想來，不行嗎？」

「哎——脾氣這麼大呀，你是吃火藥長大的吧——」派恩很是生氣，「告訴你，我脾氣也不好——」

南森立即拉了拉派恩，小精靈靠着樹站着，做着搏鬥的動作。南森皺着眉，看着小精靈。

「老伙計，比較一下你收集到的那個魔怪反應的記錄，和他是不是一樣？」南森轉頭看看身後的保羅。

「已經比較過了，山毛櫸樹上的那個魔怪反應劑量實在太小，無法和這個小……樹精靈對比。」

南森點了點頭，隨後又看着那個小精靈。小精靈突然對南森探出頭，齜牙咧嘴的，似乎是要咬南森似的，不過他隨即恢復了常態，背靠着樹，瞪着大家。

這個小精靈，不到一米高，圓腦袋，大眼睛，身體很瘦小，通體散發着微微的綠色熒光，他長着一對翅膀，樣貌就像是一個孩子。

「我們可以心平氣和地談一談，你既然知道我們是魔法師，就知道我們是沒有惡意的，我們也知道你是小精靈，我們魔法師從來不針對小精靈，小精靈是善良的魔怪，這一點我們知道，你當然也知道。」南森的語速平緩，也很是友善，「我們沒必要弄得這麼僵持，我們的本意不是來抓你的，這個森林裏發生了魔怪案件，我們是來查案的。」

「哼，你說是魔法師，誰知道呢？巫師也經常冒充魔法師。」小精靈不屑地說，不過他似乎比剛才的態度要好了一些。

「我們是魔法師，我是倫敦魔幻偵探所的南森，這幾位是我的助手——海倫、本傑明、派恩、保羅。」南森並不生氣，「我們從倫敦來，請問你叫什麼名字？」

「萊昂。」小精靈看了看南森。

「萊昂，很好的名字，那你住在哪裏？你到科蒙森林幹什麼？」南森平靜地問。

「我住在塞特森林，和這個森林隔着一條瑟涅河，我到這裏來採果子，不行嗎？」小精靈萊昂扭着脖子，一副不屑的樣子。

「可以，當然可以。」南森立即說，「只不過這片森林，最近有些不太平，警察已經把森林封鎖起來了，當然這擋不住你們這些小精靈……」

「是樹精靈。」萊昂糾正地說。

「啊，是樹精靈。」南森點了點頭，「你經常來這裏採果子嗎？有沒有發現這個森林裏住着魔怪？」

「我不經常來，我來的時候也沒有發現什麼魔怪，不管是科蒙森林，還是我們的塞特森林，早就沒有魔怪了。」萊昂説道，「對不起了，我幫不到你們，你們可能搞錯了，這一大片森林沒有魔怪。」

「不可能，我們都搜索到魔怪痕跡了。」派恩叫了起來，「我們是專業的偵探，你就是一個專業的怪物，你懂什麼。」

「什麼叫專業的怪物？我不怪，你們才怪，都沒有搞清楚狀況就在林子裏亂找，你們能找到什麼？早點回到那破破爛爛的倫敦去吧。」萊昂一副憤怒的樣子，他指着派恩就喊叫起來，「你這個連法語都説不好的傢伙。」

「你是説世界上只有巴黎才是城市嗎？」本傑明指着萊昂，他也很生氣，「倫敦才不破爛，巴黎才像個鄉下。另外，派恩的法語很好，你這個怪物的英語才夠爛，你説兩句英語呀？」

「哦，謝謝你，本傑明，你對我的評價這麼高。」派恩很是感激地看着本傑明，隨即他把頭轉向萊昂，「你這個專業怪物，還嫌我的法語不夠好，我的法語天下第一超級無敵，給法國人當老師，教法國人法語……」

「你們這幫倫敦佬臉皮真夠厚，以前我只是聽説過，現在算是見識到了，你們的臉皮比城牆轉角處還要厚，還想給我們法國人當老師呢……」萊昂毫無懼色，指着派恩，又指着本傑明，跳着腳喊叫着。

「夠了——夠了——」海倫在一邊，搖着頭，表情很是痛苦，「我們在這裏來幹什麼來了？我們來抓魔怪呀，

怎麼討論起倫敦和巴黎了？還都這麼大聲音，不怕魔怪聽見嗎？」

「不要吵，有什麼問題我們好好討論。」南森說着看了看四周，「這裏真不是爭吵的地方。」

本傑明和派恩都不說話了，只是生氣地站在那裏。萊昂看了看南森，也不說話了，不過他也是氣呼呼地、略有劇烈地喘着氣。

「萊昂，我們有我們的調查程序，我們在森林裏找魔怪，自然有我們的道理，也不是故意為難你。剛才抓你，完全是一個誤會。」南森語重心長地說，「我們確實希望獲得你的幫助，畢竟你生活在這片森林中，你說這片森林沒有魔怪，很好，我們知道了。不過我還是想問一下，這裏最近有沒有魔怪存在的異常情況，我知道精靈族對魔怪還是比較敏感的。」

「沒有，我沒有感覺到，我的伙伴們也沒有感覺到，要是有的話，我們自己早就討論了。」萊昂望着南森，說道。

「噢，你們是一羣精靈。」南森點點頭，「真希望能得到你們的幫助，事實上如果和魔怪住在一個森林裏，它對精靈也構成威脅。」

「我當然知道，可是我們那裏沒有魔怪，我在這裏也沒碰上什麼魔怪。」萊昂若無其事地説。

「好的，那麼，謝謝你的資訊。」南森誠懇地説，「你也要小心，還要告訴你的同伴們，這個森林裏不安全。」

「胖魔法師，聽你這麼説，我是可以離開了？你們不抓我了？」萊昂的語氣一直並不很友好。

「喂，這是南森博士，倫敦魔幻偵探所的南森博士。」本傑明喊道，「請尊敬一些。」

「你們應該尊敬我，我已經有四百歲了，你們加在一起有四百歲嗎？」萊昂毫不示弱地説，他看了看南森，「噢，南森小朋友、南森博士、倫敦魔幻偵探所的南森小朋友博士。」

萊昂最後這句話居然是學着本傑明的腔調説的，海倫也生氣了。

「你們可以離開了！」萊昂繼續説。

「什麼？」本傑明向前走了一步，怒視着萊昂，「我們可以離開了，什麼意思？」

「很簡單呀，該問的你們也問了，你們也不準備再抓我了，你們已經知道我是個樹精靈了，你們還有別的事要辦，所以就離開呀，這不是很正常嗎？」萊昂比畫着説。

「本傑明，這傢伙絕對是吃火藥長大的——」派恩也上前一步，看起來又要去攻擊萊昂一樣。

「算了，算了。」海倫連忙拉住本傑明和派恩，「我們剛才打了他幾下，他還沒消氣呢。」

「又不是故意的。」本傑明抱怨地説。

「我們確實要走了。」南森也不想在這裏糾纏下去了，他看了看遠處，「在這裏耽擱了一些時間了，我們走吧……噢，記得把你們魔怪探測系統裏的萊昂的信號回饋隱藏起來，否則他在林子裏跑來跑去，我們又搜索到他的反應，還會發生誤會。」

「萊昂，這個森林裏就你一個小精靈，對嗎？你的伙伴們會來嗎？」海倫問道。

「就我一個，他們才不會來呢。採果子比賽中，我倒數第一，可是我想當真正第一，就想到這個森林來試試運氣，他們在我們那裏都有各自的採摘基地。」萊昂對海倫説，他對海倫的態度，相對本傑明和派恩，勉強算是可以。

「那麼，我們走了，你繼續……休息吧。」南森説着抬頭看了看剛才萊昂待着的樹洞，「睡覺可採摘不到什麼果子噢。」

南森笑了笑，帶着幾個小助手走了。保羅一邊走一邊回頭看着萊昂，那個萊昂也一直盯着南森他們，直到南森他們漸漸地走遠，隱沒在森林中。萊昂飛上了樹，鑽進樹洞裏，剛才他就是感覺到有些累了，找到一個樹洞鑽了進去，剛睡着就被揪出了樹洞。

第四章　一個血滴

南森他們離開了大橡樹，繼續向前走着。本傑明和派恩還是氣呼呼的。

「這個什麼萊昂，一副挨揍的樣子，看他那樣子我就生氣。」派恩一邊走，一邊對本傑明説。

「下次他要是再這麼囂張，你看我怎麼收拾他。」本傑明説，「什麼小精靈，我看就是個變種魔怪。」

「沒錯，下回我們一起揍他。」派恩連忙説，「你剛才把他打輕了。」

「你們兩個，現在倒是説到一起了。」海倫在一邊，有些哭笑不得的，「哎，你們算是有了共同針對的目標了。」

「海倫，我就是懷疑他，他到底在森林裏幹了什麼，誰知道呢？他的話我不相信。」本傑明看看海倫，「説不準兩個人就是他害的，哪有那麼巧？我們在這裏查案，他剛好就到這個森林裏來採果子了？」

「可是小精靈天性就是善良的呀，書上都是這麼説的。」海倫連忙否定本傑明的懷疑。

「書上説的也不一定呀，我知道你是高材生，但是也不能什麼都相信呀。」本傑明有些不屑地説。

「可是我們實際中遇到的小精靈，的確都是善良的呀，你遇到過作惡的小精靈嗎？」海倫反問道。

「這個……」本傑明似乎是被問住了。

「沒遇到過不等於沒有呀，僅僅是我們還沒有遇到過。」派恩突然説道。

「嗯，派恩，説得真好，看不出來，確實有天下第一超級無敵魔幻小神探的味道了。」本傑明很是讚許地誇獎道。

「噢，真是難得，你終於承認了，我知道早晚你會承認的，沒想到這一天這麼早就到來了。」派恩非常興奮地説。

「我……這算是承認嗎？」本傑明眨眨眼，看了看海倫。

忽然，派恩和海倫手上拿着的幽靈雷達上的紅燈閃爍起來，本傑明手上的幽靈雷達的紅燈隨即也閃動着。

「博士，剛才那棵大橡樹那裏，有魔怪反應。」保羅激動地説道，他已經轉身，要返回去了。

「不是那個萊昂嗎？」南森問道，「叫你們把萊昂的反應遮罩掉。」

「絕對不是，我已經遮罩了萊昂的信號，這個新的魔怪反應是剛出現的。」保羅説道。

「博士，我也把萊昂的信號遮罩了，可是你看。」海倫把手伸過去，讓南森看手上的幽靈雷達，「這是一個新的反應信號。」

南森揮了揮手，大家立即返回，他們此時距離大橡樹將近四百米。他們快步向大橡樹行進，那個信號越來越強了。

保羅衝到大橡樹前五十米的一棵樹後，停了下來，南森和幾個小助手隨後趕到。

「博士，我把萊昂的信號恢復了，現在那個位置，有兩個魔怪反應，一個是萊昂的，另外一個是新發現的這個。」保羅急促地説。

「看看，我説過了，它就是個變種魔怪，現在和一個魔怪在一起呢。」本傑明非常興奮，「它還是個騙子，説森林裏沒有魔怪。」

「包抄過去。」南森冷靜地説，同時指了指前方。

本傑明第一個走出樹後，他要像剛才一樣，繞到大橡樹後面去，阻截可能逃走的魔怪。隨後，海倫和派恩一左一右，開始包抄魔怪的兩側位置。

南森通過耳機和小助手們聯繫，小助手們很快就布置到位，南森下令向大橡樹靠近，他們一起合攏包圍圈，不到一分鐘，大家就聚在大橡樹下，距離大橡樹不到十米，相互都能看到。但是，大橡樹上的兩個魔怪反應，還是一動不動的。

南森揮了揮手，大家一起向前猛跑幾步，海倫和派恩飛身上樹，站在樹杈上，他們看到樹洞裏，萊昂靠在裏面，像是在休息，但是狹小的樹洞裏，並沒有其他的魔怪。海倫和派恩顧不得這些，兩人一起又把萊昂揪了出來，海倫還往樹洞裏看了看，裏面的確沒有其他魔怪。

「哇——哇——你們幹什麼——」萊昂大叫着，「鬆手呀——」

海倫和本傑明從樹上跳下來，萊昂拚命地掙扎着，喊叫着。

「另一個魔怪呢？你的同夥呢？」派恩大聲地問道。

「還在樹洞裏。」本傑明用手中的幽靈雷達對着樹洞，探測着。

本傑明和保羅都發現，魔怪反應繼續從樹洞裏投射出來，本傑明飛身上樹，他蹲在樹杈上，看着樹洞，他把幽靈雷達上的燈打開，對着樹洞照射了一下。

「博士，樹洞的洞壁上有一個血滴，魔怪反應就是從這裏發射出來的。」本傑明看了看樹下的南森。

「看好他。」南森先是看看萊昂，隨後對海倫和派恩說。

「胖魔法師，你放了我——」萊昂對着南森大喊起來，「再不放我，我找老大來揍你們——我們塞特森林三兄弟沒人敢惹——」

南森抱着保羅，飛身上了樹，他也蹲在了樹杈上，隨後把保羅放進了樹洞。

樹洞半米多寬，一米深，保羅站在洞底，一直站在樹上的本傑明用燈照射着距離洞口半米的洞壁上的一個暗紅色的血滴，血滴大概有兩、三厘米寬，基本上是個圓形。

保羅的雙眼射出兩道紅光，照射在血滴上。

「真的是個血滴。」保羅説道，「……嗯，是第二個受害者詹森的血，血裏有魔怪反應，這一滴大，能檢測出來，這個魔怪反應顯示出來的魔怪比較老了，有四百年左右了，是什麼類型的魔怪……還測不出來，不過這個反應和萊昂的反應並不很一致。」

「嗯，可以了，夠了。魔怪反應並不一致可能是萊昂動了什麼手腳。」本傑明説着從樹上跳下來，他走到萊昂身邊，「你還有什麼可以狡辯的？你的身邊，就是遇害者的血液，血液裏有魔怪反應，遇害者當然不是魔怪，他血

萊昂堅稱自己是無辜，但樹洞中血滴的確有魔怪反應。究竟他是否在說謊？

液裏的魔怪反應是魔怪作案時和血液接觸然後染進去的。而這個魔怪的年齡正好有四百歲，你不是説你也有四百歲嗎？」

「我沒有害過什麼人，我不知道你們在搞什麼，你們這是誣陷我！」萊昂被海倫和派恩抓着胳膊，他掙扎着，身體向前一衝，抬腿就踢本傑明。

本傑明連忙往後一跳，海倫和派恩緊緊拉住了萊昂。

「剛才我們怎麼沒有發現痕跡呢？」海倫有些疑惑地説，「而且保羅也説兩個魔怪反應不一致，也就是説血跡裏的反應不是萊昂的。」

「哎呀，這還不簡單，這傢伙是個魔怪呀，它剛才隱蔽了受害者的血跡，因為它根本就知道我們靠近了。」派恩連忙説，「後來看到我們離開，以為我們走遠了，或者是因為它的隱蔽手段出了問題，沒有藏住這塊血跡，被我們發現了。兩個反應不一致是因為……本傑明説的，萊昂做了手腳。」

「剛才我們抓他的時候，你注意到樹洞裏的血跡了嗎？」海倫又問派恩，「而且萊昂也不知道我們要來，為什麼對那塊血跡動手腳。」

「也可能是血跡滴在那裏幾天了，發生了變異呢。所以兩個反應不一樣。另外，第一次抓萊昂的時候，樹洞裏是暗的，一塊血跡在洞壁上，誰能注意到？你看到了嗎？」派恩反問海倫。

「我也沒注意。」海倫説道。

「沒有儀器指出位置，誰都不會注意的。」派恩説，「好了，這下破案了，魔怪就是萊昂，兇手就是萊昂。」

「你們放了我——」萊昂劇烈地扭動着身體，「你們説什麼，我聽不懂——」

「不要再裝了，你跑不掉了。」派恩死死地拉着萊昂，「你不承認沒關係，我們有證據——」

「放了我——放了我——我找老大來揍你們——」萊昂上下跳躍着，想要逃走。本傑明也連忙上去，幫忙抓着萊昂。

南森已經在樹上把那塊血滴採集下來，放進證物袋裏。他抱着保羅從樹上跳下來，隨後把保羅放到地上。

「你安靜些。」南森走到萊昂面前，「我並沒有認定你就是魔怪，但有些事情，你必須説清楚……」

「你們誣陷我呀——」萊昂大喊着，根本不聽南森的話，「胖老頭——你讓你的笨蛋手下鬆開我——」

「變壞的精靈。」派恩看看南森，「博士，把它裝進裝魔瓶裏，看它還怎麼鬧。」

「派恩，先捆住他吧。」南森説着看看本傑明，「要把這片區域先都搜索一遍，看看還有沒有別的痕跡。」

第五章　逃走

派恩拿出了自己的捆妖繩，然後開始捆綁萊昂。本傑明和保羅開始四下尋找是否有其他可疑痕跡。海倫看到派恩把萊昂捆了起來，鬆開手，來到南森身邊。

「博士，有這種可能嗎？小精靈變壞了，變得和魔怪或者巫師一樣了，當然這是極個別的情況，就像是這個萊昂。」海倫問道。

「這可真難回答呀。」南森搖了搖頭，「根據以往的經驗，真的沒有，可是要說絕對沒有……這件事的確有些蹺蹊……哎，我們先找找其他的痕跡，證據越多，對我們的判斷幫助越大。」

海倫答應一聲，隨後和南森向前走去。海倫用幽靈雷達對着地面，幾乎是貼近地面，找尋着線索。

派恩押着萊昂，他按着萊昂的肩膀。萊昂被捆着，已經坐到了地上。

「你別想跑。」看到坐在地上的萊昂仍然扭動着身子，派恩說道，「你這個小東西，還想弄斷捆妖繩嗎？而且我還在你身邊呢。」

「你們還敢捆着我，你們就不怕我的老大嗎？」萊昂扭着身子，説道。

「你老實點！告訴你，現在我就是你的老大。」派恩用力按着萊昂的肩膀。

萊昂坐在地上，突然不再和派恩爭執了，也不掙扎了，他悄悄地看了看派恩，又轉頭看看自己的翅膀，動了動身子。

南森他們在大橡樹下的地面上，搜索着，保羅跑出去幾十米，他從一株灌木中鑽出來，身上都是灌木葉子，保羅抖了抖身子，忽然，眼前的一幕驚呆了他。

遠處，派恩站在萊昂身邊，萊昂突然扇動翅膀，騰空而起。派恩只捆住了萊昂的身子，連同他的手臂，但是並沒有把他的翅膀也捆住。萊昂的手臂和身子還是被牢牢捆着，但是扇着翅膀飛了起來，一下就飛了十幾米高。

「啊——」派恩發現萊昂飛起來，大叫一聲，不過這已經晚了，萊昂越飛越高，「博士呀，它跑了——」

南森他們聽到了派恩的聲音，轉頭看去，只見萊昂已經飛起來五十多米，並且轉向，向森林的北面飛去。

「嗖——」的一聲，派恩甩出了一枚凝固氣流彈，氣流彈追着萊昂，但是萊昂一躲，氣流彈擦着他的腿飛了過去，在遠處爆炸了。

萊昂的飛行速度極快，南森都有些手足無措了。保羅快步衝到南森身邊，他後背上的追妖導彈的發射架已經彈了出來。

「博士，要不要發射，導彈能追上他——」保羅很是猶疑地問。

「……不要，不要攻擊小精靈。」南森稍微有一點停頓後，説道。

「就這麼叫它跑了？」本傑明望着遠處的天空，焦急地説道，由於樹木阻擋住視線，萊昂已經不見了蹤影，「喂，派恩，你怎麼搞的——」

「我、我——」派恩非常懊惱，被問得也是無地自容。

「我都看見了，派恩，你怎麼沒有捆住萊昂的翅膀，只捆住他的身子有什麼用？他會飛的！」保羅衝過去，大聲地質問派恩。

「我、我疏忽了……對不起……」派恩低着頭，忽然，他想起了什麼，看着保羅，「我説，保羅，你怎麼不展開攻擊？我看你的導彈發射架都打開了。」

「博士不讓我攻擊小精靈，我也是這個意思。」保羅説，「我從來就沒想過用追妖導彈去攻擊一個小精靈，小精靈不是壞魔怪。」

「萊昂是。」派恩說，「它變異了。」

「完了，說什麼都完了，萊昂跑了。」本傑明一副垂頭喪氣的樣子，他瞪着派恩，「全都怪你，我就表揚了你幾句，你就驕傲了……」

「我需要你的表揚？」派恩氣憤地擺擺手，「你自我感覺太好了吧？」

「哇，你放走了魔怪，好像立功了一樣，你是天下第一笨蛋，知道嗎？」本傑明激動地說。

海倫連忙把本傑明拉到一邊，然後看着派恩。

「派恩，這次是你不對，做事太馬虎了，這樣可不行。你要記住，你是一名魔法偵探。」

派恩低着頭，不說話了。

南森看了看遠處，低頭想了想。

「老伙計，沒有再找到什麼吧？」

「沒有，這棵樹下的這一大片區域都找過了。」保羅回答說。

「樹上只有那一塊有魔怪反應的血跡，我已經收集起來了。」南森說，「現在，萊昂跑了，他到底是不是那個兇手，他到底有沒有變異成兇殘的魔怪，這些，我們的證據還不是很足夠，只能說他有嫌疑。」

「證據還不足嗎？它就是呀。」本傑明有點激動起來，「樹洞裏有受害者的血呀，血跡中的魔怪反應顯示魔怪有四百年了，萊昂也説自己四百歲呀。」

「就是，這些證據足夠了，萊昂就是兇手。」派恩在一邊小聲地説。

「這事有些蹺蹊，不僅僅是兩種魔怪反應不一致，我們第一次來到這裏時，沒有發現那血跡，也許你們會説那是萊昂掩蓋住了，但是……」南森説着頓了頓，「我感覺萊昂不像是魔怪……但是他跑了……」

「那我們現在怎麼辦？」海倫問道，「如果萊昂不是魔怪，我們是不是要繼續去找魔怪？」

「萊昂説他是來自旁邊的塞特森林的，對吧？」南森看看海倫。

「我們要去塞特森林找萊昂嗎？」海倫瞪大了眼睛，「那還要跨過瑟涅河，而且塞特森林更大。」

「他算是當事人呀，不能就這麼不明不白地跑了，而且這件事，我們沒有認定他就是兇手，但他是有嫌疑的。起碼他應該幫助我們來洗清自己的嫌疑。」南森略帶沉重地説，「不能就這麼跑了呀。」

「那就去抓它吧，我剛才就想抓它了，它一定跑回那個塞特森林。」本傑明比畫着説，「其實抓到它，這個案子就算是完結，因為它就是兇手。」

「我也是這麼認為的。」派恩跟着説，聲音不是很大。

「沒你的事，你繼續反省。」本傑明指了指派恩。

「我……」派恩想説什麼，不過此時他理虧，低下頭，不説什麼了。

「這樣吧，我們繼續向北走，一是繼續找尋魔怪，走到最北面，就是瑟涅河了。」南森平靜地説，「跨過瑟涅河，就是塞特森林了，看來裏面住着不少精靈，找到萊昂應該不是很難。我們先找萊昂，把樹洞裏的血跡的事弄清楚。」

「很好，那我們就出發吧。」本傑明有些興奮，「我們去抓萊昂，這個騙子，這個魔怪……」

「他只是有嫌疑。」海倫在一邊提醒地説。

「你不要袒護它，我看到它那個樣子，就覺得不順眼。」本傑明隨口説道。

南森他們在大橡樹下都喝了點水，隨後整裝進發，他們重新向北行進。保羅早就收起了導彈發射架，他走在最前面。

「老伙計，從這裏走到森林的最北面，要傍晚了吧？」南森忽然問道。

「如果按照目前的行進速度，應該是傍晚了，或者更晚一點。」保羅説道。

「要是沒有找到魔怪，我們進入到塞特森林裏，那就是晚上了。」南森似乎有些擔憂地説。

「晚上的時候，小精靈身上有熒光，更好找。」派恩滿不在乎地説，「看我這次抓住萊昂，我是迎面一拳，背後一腳，我把它打成碎片……」

「碎片來了……」保羅忽然喊了起來，「啊，是萊昂，萊昂和同夥們來了！一共十個小精靈——」

不僅是保羅的魔怪預警系統發現了目標，海倫他們的幽靈雷達上，也出現了十個很亮的白色游標，這些游標迅速向這邊移動過來。這些游標是魔怪反應，其中一個和萊昂的反應一致，這就是萊昂和他的伙伴們。

第六章　塞特森林三兄弟

南森很是吃驚，保羅說這些小精靈是直接朝自己這邊來的，根本就沒有隱蔽，他頓時猜到這些小精靈為何而來了。他們迅速站好了位置，南森居中，海倫他們站在南

森的四周，全部背對着南森，大家形成了一個防禦圈。

小精靈們迅速趕到，為首的一個有一米多高，比萊昂體型大一些，模樣和萊昂相仿，這些小精靈的長相，外人看來都差不多，只不過為首的小精靈相貌更加威嚴。趕來的小精靈全都有翅膀，飛在半空中。看到南森他們，小精靈們就迅速在空中形成包圍圈，把南森他們團團圍住。

萊昂就在為首的小精靈左邊，為首的小精靈右邊，是一個體態很胖的精靈。

「老大，就是他們——」萊昂激動地指着南森他們，「剛才把我打了一頓呀，迎面一拳，背後一腳，都快把我打成碎片了，他們還誣陷我是魔怪，說我殺人了——」

「博士，萊昂還叫來不少小精靈呀，這下我們可是有了練習拳腳的物件了。」派恩很是不在乎地說。

「是樹精靈。」被稱作老大的小精靈說道，「你們這幾個魔法師，剛才是怎麼對待萊昂的？」

「怎麼對待的？就像是對待魔怪一樣，怎麼了？」本傑明揮着拳頭說。

「哎，和我們老大說話要尊重些，我們塞特森林三兄弟，也是有些名氣的。」胖精靈說道，「這位是我們的老大，我是老二，萊昂是老三，剩下的都是小弟。」

「一羣森林地痞——」海倫指着精靈老大，喊道。

「有些事，我們需要好好談談，我們剛才針對萊昂的行為，是因為他涉嫌森林謀殺案，所以……」南森很是和緩地說。

「夠了——」精靈老大大喊一聲，打斷了南森的話，「他們真的對我們老三迎面一拳，背後一腳了！兄弟們，給我打——」

精靈老大說着猛地一揮手，他帶頭，十個小精靈從半空中衝下來，向南森他們發動了攻擊。

精靈老大和胖精靈一起撲向南森，他們居高臨下，猛擊南森，南森只能出拳擋開他們的攻擊，胖精靈站到了地上，從地面猛踢南森，精靈老大扇動着翅膀，從半空中擊打南森。

小精靈們一共有十個，他們很會分工，兩個精靈攻擊一個魔法師，保羅也被兩個精靈圍攻，這兩個精靈一前一後，全都懸在空中，出拳猛打，保羅左躲右閃，對着兩個精靈又撲又咬。

萊昂和另外一個小精靈糾纏住海倫，海倫先是被打了一拳，差點倒在地上。她躲過萊昂的一拳，反手打在萊昂身上，萊昂慘叫一聲，身體橫着飛了出去。另外一個小精靈從後面飛過去，拉住了海倫的頭髮，想把海倫提起來一樣。海倫真的生氣了，她猛踢一跳，跳得和半空中的那個小精靈一樣高，她一拳就打了上去，那個小精靈喊叫着飛了出去。

本傑明和派恩也各自應戰兩個小精靈，本傑明幾下就佔了上風，隨後追着其中一個小精靈打，派恩和兩個小精靈打得平分秋色，不過絲毫不示弱。

南森很快就抓住了胖精靈，掄起來把他甩了出去，胖精靈撞在一棵樹上，隨後掉在地上，痛苦地哀嚎起來，那

聲音響徹整個森林。精靈老大還想偷襲南森，繞着飛到南森後背，抱住了南森，想把南森扳倒，南森猛地一彎腰，精靈老大被甩了出去，撞在地上，同樣痛苦地哀吼起來。

南森看了看身邊的情況，海倫和本傑明已經把四個小精靈打倒在地了，海倫幫着派恩，抓住了一個精靈，本傑明和派恩一起，打倒了另外一個精靈。只有保羅那邊，一個精靈死死地抱住了保羅，保羅無法脫身，另一個精靈拉住保羅，揮拳猛打，保羅掙扎着，他沒有疼痛感，他轉頭咬了那個抱着他的小精靈一口，那個小精靈痛得大叫起來，鬆開了手。

南森衝過去，幾拳就打倒了圍攻保羅的兩個小精靈。地面上，精靈老大等幾個小精靈，全都躺在地上，大呼小叫的。另外，本傑明和派恩各自按着一個小精靈，被按着的小精靈也痛苦地喊叫着。

這場混戰，五分鐘就結束了。南森看着這躺倒一地的小精靈，有些哭笑不得的。

「哎呦——哎呦——老大呀，咱們塞特森林三兄弟這次可完了，被科蒙森林三兄弟，加一個小姑娘和一條狗給打了——痛死我了——」胖精靈哭喊着。

「誰說不是呀，胖老頭，你殺了我吧，我不想活了——」精靈老大哇哇大哭。

「老大、老二，全都怪我，把你們找來挨揍了，讓胖老頭殺了我吧，我也不想活了——」萊昂哭喊着在地上打滾，「科蒙森林三兄弟，還有那個小姑娘，那條小狗，你們厲害，你們殺了我們吧，不想活了呀——」

「老三，全是我無能呀，老大我對不起你呀，沒有幫到你，害得兄弟們一起被打呀。」精靈老大用手拍着地，「別說了呀，全是眼淚呀，咱們打不過科蒙森林三兄弟呀，都是因為咱們平時都不練習魔法了。」

「科蒙森林三兄弟？」本傑明看了看南森，又看看派恩，無奈地搖着頭，「萊昂，你們、你們這是怎麼排的輩分呀，博士比我們大很多呀，怎麼到了你們這裏，我們成了三兄弟了？」

「有誰受傷了？我們這裏有急救水。」南森走到精靈老大身邊，關切地問。

「急救水？」胖精靈忽然不哭了，「是『嘻嘻哈哈哈哈嘻嘻』牌的嗎？如果是『哈哈嘻嘻嘻嘻哈哈』牌的，我可不用。」

「哎，你的要求還真多。是我們自製，『倫敦貝克街魔幻偵探所』牌的。」海倫掏出一瓶急救水，遞給了胖精靈。

胖精靈接過急救水，猛地喝了幾口，隨後躺在地上，均勻地喘着氣。

「嗯，味道還可以，現在好受多了。」

「如果沒什麼事，都起來吧。」南森走到精靈老大身邊，說道。

「胖老頭，殺了我們吧，我們不怕，打不過你們，我們認了。」精靈老大躺在地上，吼叫着。

「誰要殺你們？為什麼我要殺你們？」南森有些好奇地說。

「那你就放了我們？你敢嗎？」精靈老大有些挑釁地問。

「有些事，我們要調查清楚，關於萊昂的……」南森說。

「看看，還是不敢。」精靈老大說着坐了起來，「完了，這回算是完了，要怎麼處置我們，你們隨意吧。」

「你一直都不服氣呢。」南森說着淡淡地笑了笑，「你叫什麼名字？」

「洛朗。」精靈老大說，「老二叫加西亞，老三叫萊昂。」

「我們要找萊昂核實一些事情，然後你們就可以回去了。」南森說着就走向萊昂，洛朗有些吃驚地看着南森。

萊昂已經坐起來了，他靠着一棵樹，一副愁眉苦臉的樣子。看到南森走來，他挪了挪身子，扭頭不去看南森。

「萊昂，你不用這麼抗拒。你想想看，兩個人在這個森林被殺了，他們的家人再也見不到他們了，就像你永遠見不到洛朗和加西亞一樣，你是什麼感受？」南森蹲下身子，語重心長地説，「而我們，就是要把兇手找出來。我並沒有説你就是兇手，而且也不認為你就是兇手，但是以目前出現的情況看，你確實有嫌疑。你要做的，就是和我們一起，洗清你的嫌疑，這樣也就等於幫我們排除了干擾，去找真正的兇手。」

「胖……你也相信我不是兇手？」萊昂應該是被南森的話打動了，他轉頭看看南森，語言溫和了很多。

「以你們剛才這麼幼稚的表現……反映出你們的內心……」南森説着聳了聳肩，「我確實認為你們是天真的，這和魔怪那種陰險，正好成反比，所以……」

「我就説我不是什麼兇手，我就是偶爾到這裏的，可你的兩個手下就是不信。」萊昂説着眉飛色舞的，「告訴你，我是可以去控告你們損害我的名譽的，儘管我也不知道去哪裏告。」

「現在你需要配合我們調查。」南森很是認真地説，「我們的確在你剛才睡覺的樹洞裏，發現了一塊血跡，那是受害人的血跡。」

「我真的沒有殺什麼人，我也不知道那塊血跡是怎麼來的。」萊昂很委屈地説，「剛開始，我們有些衝突，然後你們就離開，然後我又去那個樹洞睡覺了。我們樹精靈生活在樹上，我們睡覺不是在樹杈上，就是在樹洞裏。我第二次進到樹洞裏以後，就看見上面樹杈上有一隻鳥，其餘就再也沒有什麼異常了，結果沒多久你們又把我拉出來，還説樹洞裏有血跡，我真的不知道血跡是怎麼來的。」

「你仔細想想，你在樹洞裏睡覺的時候，有沒有什麼聲響，或者異樣的感覺？」南森進一步問。

「……你説聲響？好像真的有，我閉着眼睡覺，有個很小的聲音，似乎就在我耳邊，好像是『嗒』的一聲，那聲響太小了，我覺得沒什麼，連睜開眼睛看的想法都沒有。」萊昂仔細地回憶着，「就這個聲音，其他沒有了。」

「這個聲音，出現在你開始睡覺以後，對吧？」南森皺着眉問。

「是的。」萊昂點點頭。

「聲音傳來的方向？」

「嗯……斜對面吧，在我的左側。」萊昂想了一下，「我是斜靠着樹洞的洞壁睡覺的，我們在不大的樹洞裏，都是用這種睡覺姿勢，那聲音就在我的頭部的左側出現的，這點我能確認。」

「很好，這點我記下來了。那麼，你在這個森林裏，還有沒有發現過什麼異常，特別是和魔怪有關的？」

「這個真的沒發現。」

「我發現過……」一個聲音傳來，南森轉頭一看，是胖精靈加西亞在説話。加西亞和洛朗，還有另外的那些小精靈，一直都聽着南森的問話呢。

「你發現了什麼？」南森立即站起來，走向加西亞。

「我聽來聽去，你這胖老頭就是很想知道這片森林有沒有魔怪，對吧？」加西亞反問道。

「是的，森林裏發生了兩宗命案，都和魔怪有關，我們在找線索。」南森連忙説。

「幾個月前，大概三個月吧，我來過這裏一次，那次我是採一種蘑菇，紅色的樹蘑菇，只長在山榆樹的樹根旁，用這種蘑菇熬湯，對記憶力有好處，當時我感覺總是健忘，我一定是得了健忘症了。而我們塞特森林，山榆樹都很少，蘑菇就更少了，我聽説科蒙森林山榆樹多，我想樹蘑菇一定也多。」加西亞緩緩地説，「然後我就來了，我飛過了瑟涅河，來到了科蒙森林裏，哇，這裏的景色很不錯，空氣也很新鮮，我都想在這裏找一棵大樹生活下來了，哇，我在這裏發現了報春花，一株、兩株、三株、四株、五株、六株……」

「加西亞，聽我說，我想聽主要的部分，你是否發現了魔怪？」南森開始時還有些耐心，此時打斷了加西亞的話。

「七株，一共七株，我發現了七株。」加西亞繼續着自己的話，「就在這個時候，我感覺有什麼異常……我發現了第八株，因為第八株很小，被其他大棵的蓋住了……」

南森和洛朗他們，聽到這裏，差點都暈過去。

「……然後，我就不數了，哇，我又看見了幾株鬱金香，我就開始數，一株、兩株……」加西亞用手指點着地面，好像真的是在數數一樣。

「拜託，你還發現了什麼，一次都說出來吧！」本傑明幾乎用哀求的語氣說。

「急什麼呀，當我數到第三株的時候，我突然感到，高空有個魔怪出現，就那麼一下，『唰』地就飛過去了。當時可把我嚇了一跳，要是有魔怪，只有我一個樹精靈，可對付不了它，魔怪會殺了我的。」加西亞說着又緊張起來，他緩了緩，「不過還好，就那麼一下，但是我能感到那是一個魔怪，我們對魔怪都很敏感。」

「加西亞，你回來怎麼沒有說？」洛朗很是不滿意地說，「這麼重要的事，也不告訴我們？」

「喂，老大，你說我為什麼到這科蒙森林來採蘑菇？」加西亞晃着腦袋問。

「治療你的……健忘症。」洛朗想了想說。

「這就是原因呀，我回去後把這件事忘了呀。」加西亞居然有些得意地說。

「那現在怎麼想起來了？」洛朗立即問。

「我在科蒙森林採到了蘑菇，熬了湯喝，現在好了很多呀。」科蒙指着自己的腦袋說，「而且當時那一下，我也沒看見是什麼樣的魔怪，反正就是個魔怪從我頭頂上飛走了，也許是個過路的魔怪飛過呢，飛走了就再也見不到了，說了有什麼用？」

「好像也是。」洛朗點着頭說。

「加西亞，你感覺到魔怪的具體地點在哪裏？」南森問道。

「離這裏也不算遠。」加西亞指着北面，「大概再過去兩公里吧。」

「沒有看到魔怪的模樣？」南森又問。

「沒有，就是感覺有個魔怪飛了過去，我們能感知魔怪反應。」

「魔怪反應強烈嗎？」

「不強烈，肯定不是一個大魔怪，而是一個小魔怪。」

「還有其他發現嗎？你再仔細想想。」

「沒有了，你剛才提起來魔怪，我才想起來的。魔怪是不是常駐在這裏，我就不知道了，不過以前沒聽說過科蒙森林裏有魔怪。」

南森點了點頭，隨後看着精靈老大洛朗帶來的那些手下，那些小精靈都明白南森想問什麼，全都搖頭，表示自己沒有發現過什麼魔怪。

第七章　林中宿營

現場一片安靜，只有樹葉被微風吹得微微擺動，並發出「沙沙」的聲音。大家全都看着南森。

南森走到萊昂身邊，看了看他。

「萊昂，你剛才沒受傷吧，可以行走吧？」

「托您的福，沒有把我打死。」萊昂很是不屑一顧地說。

「那你們走吧，回塞特森林去吧。」南森說，「以後不要成羣結隊去打架，不好，有什麼事可以商量。」

「你讓我們走了？」萊昂似乎有點不相信，不過他還是站了起來，看了看洛朗，「老大，胖老頭叫我們走了。」

「你、你可別後悔，我們真的走了。」洛朗看着南森，像是要徵得他的同意一樣。

「走吧，謝謝你們提供的線索。」南森說，「今後如果有需要請教、需要幫助的，我們還會去塞特森林找你們，希望到時候你們能給予我們幫助。」

「那個……沒問題。」洛朗說着，招呼那些手下，

「走吧，胖老頭還不錯，沒太為難我們，我們快走……」

南森聽到這句話，不禁笑了。只見洛朗召集好手下，向空中一跳，同時扇動翅膀，帶領其餘小精靈飛到半空中。萊昂還回頭看了看地面上的南森，隨後和其他伙伴一起向塞特森林飛去。

很快，這羣小精靈就飛遠了。本傑明走到了南森的身邊。

「博士，那個兇手，一定不會是萊昂，對吧？」

「是誰都不會是萊昂。」南森語氣堅定地說，「如果他真是魔怪，逃走後，一定會遠走高飛的，離我們越遠越好，魔怪當然知道被魔法師抓住後的下場，尤其是連害兩條人命的魔怪。可是這個萊昂，還帶着同伴回來打羣架了，哪有這樣的魔怪呀！」

「是，博士。」本傑明點點頭，「從他飛回來打架那一刻，我也覺得我的推斷錯了。而且即使是回來報仇，萊昂和那些同伴都沒有下殺手，純粹就是打架，小精靈的心底果然都是善良的。」

「我知道萊昂不是兇手了，可是真的兇手呢？」派恩走過來說，「那塊血跡是怎麼回事呢？」

「這確實是問題，不過，通過剛才新出現的那塊血跡，還有萊昂和加西亞的話，我們現在可以斷定了——這個森林裏有個魔怪，而且這個魔怪就在我們身邊不遠處，它已經密切地關注着我們了。」南森邊向周圍看着，邊說。

幾個小助手全都緊張起來，保羅繞着圈跑，向四周發射着探測信號。本傑明盯着不遠處的兩棵大樹之間，就像是有個魔怪要從那裏衝出來一樣。

「你們也不要太緊張。」南森看到幾個小助手的表現，平靜地說，「它也不會離我們太近，更不會主動攻擊我們，只不過是我們的舉動，已經被它發現了。」

「我們說話不會給它聽到吧？」派恩還是很緊張，連忙問道。

「我們不要喊，就不會被聽到，魔怪會保持相當距離，否則它會被發現的。」南森擺了擺手，「不用擔心，我們現在更加確定目標的存在了。加西亞剛才說，三個月前感覺到有魔怪飛過，這時間點就在兩個案件之間，說明魔怪的確在這個森林裏，而剛剛出現的那塊血跡，就是魔怪用來誣陷萊昂的。它試圖嫁禍萊昂，讓我們誤認為萊昂是兇手，所以在我們走後，在萊昂在樹洞裏睡覺的時候，把那塊血跡滴到了樹洞裏。萊昂其實聽到了血滴下來的聲音，但他沒在意。」

「博士，我們可以這樣推斷，就是那個真正的兇手把血跡弄到樹洞裏的。」海倫有些猶疑地看着南森，「而且我們的行蹤、我們的舉動，真的被魔怪知道了呀。否則它怎麼會這麼有針對性地謀害萊昂，但是我們的舉動是怎麼被魔怪發現的呢？」

「這是一個新的疑問呀，目前我也不知道。」南森很無奈地搖了搖頭。

「按照你的推斷，現在是那個魔怪圍繞着我們，那有沒有辦法把它吸引過來呀？」海倫問，「也不用我們找它，直接就可抓住它了。」

「沒那麼簡單，它在暗處，對我們的防範一定是極為小心。」南森若有所思地說，「它要是知道已經被我們察覺出來，那就更難對付了……」

保羅很是不甘心又跑出去近百米，對着四周發射着探測信號，當然這一切都是徒勞的，他並沒有發現什麼。本傑明和派恩也走到更遠處的樹林，試圖用幽靈雷達把魔怪找出來。

南森判斷，魔怪在知道有魔法師用儀器探測它的時候，有一定的反探測隱身能力，也就是說能遮罩自身的魔怪反應，讓幽靈雷達探測不到它。所以盲目的找尋不會有結果，他把保羅他們都叫了回來。

「已經快傍晚了，今天我們走不出這片林子裏，現在樹林裏宿營吧，晚上好好研究一下方案，尋找方式要有針對性的改變了。」南森說，「本傑明，先去找一塊適合宿營的地方。」

「好——太好了——」本傑明像是歡呼一樣，「這就去。」

「我也去。」派恩忙不迭地說。

「你們兩個，把偵探工作當做旅行了？」海倫批評地說，「光想着玩。」

「那也不用總是死氣沉沉呀。」本傑明不屑地說。

「又沒有開篝火晚會。」派恩看看海倫，「你管得可真多。」

「哎，你們平時要是這樣友愛幫助，該有多好，省得一天到晚煩我了。」海倫搖了搖頭，不過她還是不忘提醒，「要小心呀，附近有魔怪。」

本傑明和派恩跑出去兩百多米，找到了一片空地，這片空地大概有兩百多平方米，地面只有斷枝和落葉，還有一些零散的石塊。對於野外紮營來說，非常合適。

派恩把南森他們喊來，本傑明已經在平整地面了，他用斷枝和折斷的灌木枝做了一把掃帚，先是把落葉和斷枝清掃到一邊，那些落葉和斷枝堆起來足有半米多高，形成了一個山堆。海倫和派恩把背包裏的帳篷拿了出來，他們要搭建一個大帳篷，晚上的時候，所有人都要住在這個帳篷裏。兩個背包裏一個裝着大帳篷，另外一個都是搭建工具。

帳篷很快就搭建起來，派恩興高采烈地鑽進去，然後鋪了一條睡袋。

「晚上就能在這裏好好睡一覺了。」派恩滿意地看着自己的牀鋪，然後看了看本傑明，「本傑明，你晚上睡在門口，你來放哨，別忘了我們周圍有個魔怪。」

「居然指派起我來了。」本傑明不滿地說。

天色已經是黃昏了，整個森林裏完全暗了下來，海倫在帳篷裏升起了一個亮光球，帳篷裏因此倒是亮如白晝。保羅在帳篷內外進進出出的，他也很興奮。

第八章　火攻

海倫在帳篷外，挖了一個坑，找了兩根鐵條，把一個放滿水的鍋放在上面，坑裏堆滿了樹枝，點燃樹枝，開始燒水做飯。他們帶着露營食物，加熱後就能食用，海倫吃過幾次，味道還很不錯。

本傑明跑過來幫忙，他們很快就燒好了晚餐。南森在帳篷搭建好後，就深入到森林裏，好像是在勘查，好像是在思考問題，最後保羅跑了出去，把南森叫了回來。

森林裏的條件有限，設施也簡陋，但是大家的晚飯還是吃得津津有味的。晚飯後，外面的風有點大，大家全都進到了帳篷裏，這裏成了他們的一個小城堡。大家坐下不久，就開始了討論，他們要根據新的情況，調整搜索計劃了。

「唔……我覺得我們乾脆先撤出森林，就像是無功而返一樣，然後那個魔怪一定會放鬆警惕，在林子裏轉來轉去，我們再突然殺回來，把它給抓住。」派恩比畫着説，邊説邊看着大家，等待着大家的讚許。

「還是沒有説到關鍵，魔怪會在林子裏轉來轉去的，這點沒錯。關鍵是怎麼鎖定它，我們現在連它到底是個什麼魔怪都不知道。」海倫並沒有讚許派恩的建議，而是反駁地説。

「是個小魔怪呀。」派恩説，「怎麼找到它嘛……怎麼找到它呢？」

「如果它在這裏，我們不如多找些魔法師來，把巴黎魔法師聯合會的魔法師都找來，或者把倫敦魔法師聯合會的魔法師找來，反正也不算遠。」本傑明像是沉思已久的樣子，「然後所有的魔法師在科蒙森林周邊弄成一個圈子，同時向森林中心前進，每人帶着一台幽靈雷達，這樣一定能把它給找出來。」

「博士説魔怪可能有一定的反探測能力，這麼多魔法師雲集到森林裏，它早就發現了，也會逃走的。萬一它逃掉，就不知道去哪裏找它了。」海倫明顯也不滿意本傑明的建議。

「那你説個辦法呀。」本傑明有些鬱悶地説。

「我……我再想一想……」海倫尷尬地説，「這個問題有些難辦……」

「的確不能驚動這個魔怪。」南森忽然説，「目前我們有的一點點優勢，就是確定那個魔怪就在我們附近，魔怪應該還不知道這一點，我們不能把它嚇跑，所以目前還是要保持低調。」

「博士，我的那個建議，怎麼樣？」派恩不死心地問。

「你的建議……我們先撤出去，然後再回來，關鍵還是海倫説的，怎麼找到那個魔怪，否則回來也是白回來。」南森説，「如果我們先撤出去，在森林裏隱蔽布置多一些幽靈雷達，這樣魔怪以為我們走了，也就不隱蔽自己的魔怪反應，因為這樣是很消耗魔力的，所以依靠隱蔽布置的雷達，也許能捕捉到魔怪的蹤跡。」

「啊，這是個辦法呀，而且以前我們也使用過類似辦法。」派恩興奮地説，「這是在我的建議啟發下引申出來的辦法。」

「又是你的建議，哪裏都有你。」本傑明立即扭扭脖子，滿臉不屑地看着派恩。

「博士的辦法我看很好。」海倫有些興奮地説，「只要魔怪在森林裏活動，那麼就一定會被探測到，不過我們的幽靈雷達要布置得巧妙一些。」

「具體怎麼布置還是一個問題呢。」南森説道，「一旦被魔怪察覺我們在布置幽靈雷達，那麼一切就前功盡廢，魔怪掉頭就遠走高飛了。這個森林不會是它必須待下去的地方。」

「我們可以隱身進來……」本傑明說道。

「我也是這麼想的，就是說晚了……」派恩緊跟着說。

南森和小助手們談論了很長時間，他們大致決定：再在森林裏由東到西橫向走個來回，如果沒有什麼發現，就裝作無功而返的樣子，撤出科蒙森林；然後就在魯昂徵集一批幽靈雷達，隱身埋設進科蒙森林，根據這個森林的規模，最少要埋設五十台，這可是一個不小的數字。

討論結束後，海倫和本傑明走出帳篷，想要透一透氣，保羅也跟了出來。

森林裏，已經完全黑了下來，此時已經是九點多了，南森他們的帳篷亮起的光，在黑暗中特別明顯，四周全是黑壓壓的，抬頭也看不見天空，微弱的月光已經被茂密的枝葉全部阻隔，遠處，有「呼呼」的聲音傳來，應該是風吹動樹枝發出的，還有一些動物偶爾的鳴叫聲。此時的森林裏，應該是一些晝伏夜出的動物的天地。

「保羅，一會我們就休息了，你可要好好保護我們。」本傑明壓低了聲音，「那個魔怪可能還在遠處監視我們呢。」

「放心吧，我不用休息的，你們好好休息，我守着你們。」保羅說道，「不過我覺得那個魔怪也只能在遠處待着，它還能怎麼樣？還想殺過來嗎？我能立刻就知道，我們這麼多人，就算是黑夜，照樣活捉它。」

「我倒是盼着它殺過來呢，我可不怕，正好抓到它，省得我們在森林裏走來走去地找了。」本傑明對魔怪很是輕蔑，他伸了伸胳膊，「它要是過來，你及時通知我們就行。」

「放心吧，我會立即大叫的。」保羅說道，「其實你們都不用起來，我一枚導彈就能炸飛它……」

他們在帳篷外說了一會話，派恩也走了出來，他在外面走了走，實在也沒什麼可以看的。最後，大家一起回到了帳篷裏。

十點多，南森叫大家正式休息，明天一早七點他們就要起來，先走到森林最北端，然後繞到東邊，從東向西橫穿森林，看看能不能找到些什麼線索。或許魔怪還在一邊跟蹤，如果魔怪不慎暴露行蹤，那正好能抓捕。不過南森說這種可能性極低。

保羅被安排了在門口的位置，南森睡在最外面，派恩睡在最裏面。小助手們先鑽進了睡袋，春天的森林裏，夜晚的溫度還是比較低的，大家鑽進睡袋後，又說了幾分鐘的話，最後全部慢慢地睡去。

保羅趴在門口，帳篷的拉鍊已經緊緊拉好，阻擋外面的風吹進來，外面的風有些大，一直都能聽見風吹樹梢的聲音。

一直到凌晨一點，保羅都一動不動地趴在門口，聽着外面的聲響，他的魔怪預警系統開啟着。保羅根本就不怕那個魔怪冒險衝殺進來，他足以發現並通知南森他們，他的戰鬥水平完全能親自阻擋那個魔怪直接衝入，不用兩秒鐘，南森他們就會全都起來，正好一起抓住那個魔怪。

一點多後，保羅實在感到無聊了，他啟動了自身的電腦系統，自己和自己下起國際象棋來；再過一會，他準備查閱出一部沒有看過的影片，打發這無聊的時間。

又過了一個小時，保羅的國際象棋下好了，他成功地自己贏了自己。保羅選出一部電影，津津有味地看了起來。高智慧電子狗看電影，不用面對着一塊熒幕，他的熒幕就在自己的身體裏，他「感知」電影，就是在看電影。這是一部喜劇片，保羅很快就被劇情吸引，好幾次差點笑出聲了，不過他強力忍住，身邊的南森他們還在睡覺呢。

「熊——」的一聲，被劇情吸引着的保羅忽然感到四周一片耀眼，帳篷轉瞬間就不見了，一股巨大的烈焰包裹住了魔幻偵探所的全體成員。

「着火啦——」保羅跳了起來，他的身上已經起火了，他大叫着，跳躍着。

突如其來的烈焰！這是山火？還是魔怪的魔力？

南森他們全都醒了，一股股的火焰撲向他們，南森看看周圍，全都是火苗，帳篷已經被燒毀不見了。

「哇——哇——快跑呀——」派恩説着就往外鑽，要逃出火海。

「不要出來——」南森大聲制止着，「鑽進睡袋，往外滾——」

南森鑽到了睡袋裏，隨後開始向外滾動，小助手們也效仿南森，全都鑽到睡袋裏，隨後開始向外翻滾。

南森翻滾了十多米，直到撞到了一棵樹，他感到身邊沒有火焰了，而睡袋一直在翻滾狀態，也沒有起火，然後鑽出了睡袋。

「博士——博士——」南森身邊五、六米遠，保羅的聲音傳來，只見他在地上打着滾，身上還有火苗閃動。他是奮力衝出火場的。

南森衝上去，拍滅了保羅身上的火苗，他身上的毛髮被燒掉很多。

海倫他們也都翻滾出來，隨後鑽出睡袋。不遠處，他們剛才所在的地方，已經是一片火海了，那片火海的面積不大，正好是帳篷四邊的大小。

「烏雲滅火——」南森的手指對着火海上方，唸了一句魔法口訣。

火海上方，出現了一股黑雲，黑雲直直地壓了下去，黑雲中有水噴灑出來，隨後，那股黑雲直直地下降，完全覆蓋了在火海上，很快，火海就完全被壓滅了，只有幾棵零星的小火苗竄出來，不過也瞬間消失，最後，那團烏雲也慢慢地消散了。

南森看了看海倫他們，他們毫髮未損。只有保羅，他的系統結構未受任何損壞，只是被燒掉很多毛髮，白色的小狗變成了黑色的小狗。保羅難為情地躲在南森身後，這種難為情，還夾雜着愧疚的成分，因為他自己認為通報火情的時間晚了。

「應該是魔怪放火。」南森説着點亮了一枚亮光球，亮光球將整個空地照得很亮，不遠處的地面上，還有一些燒過的灰燼，冒着白煙，「我們要勘驗一下現場，海倫燒飯的火源已被滅掉，我是檢查了一次的，海倫檢查了兩次，外面不會有火源的。」

小助手們向前走去，他們發現，帳篷旁邊由本傑明清掃起來的那堆樹葉和樹枝都不見了，反倒是帳篷周圍有一些沒有燒盡的樹枝。

「老伙計，你一直沒有察覺到有魔怪靠近吧？」南森問道。

「沒有，要是有，我早就發警報了。」保羅緊緊地跟

竟然可以乘着保羅有一刻的鬆懈而放火施襲，難道魔怪真的一直監視着眾人？

着南森。

「這場火是突然起來的，對吧？」南森又問。

「是呀，就像是平地裏突然冒出來一樣，我感到身邊有亮光的同時，帳篷一下就被燒完了，我叫你們也晚了。」保羅很是懊惱地說。

南森走到被燒盡的帳篷那裏，本傑明正在把放在帳篷裏的背包拿出來，所有背包的外表都基本上燒爛了，本傑明把裏面的物品一一取出來，除了抗火抗壓防水的幽靈雷達，其餘的東西都被燒壞了。

第九章　派恩的提醒

南森圍着帳篷的原址走了一圈，隨後蹲了下去，抓起了一根沒有燃燒盡的樹枝。他用手搓了搓灰燼，隨後站了起來。

「就是魔怪縱火。」南森淡淡地説。

小助手們都走到了南森身邊，海倫也已經察覺到這是魔怪縱火了。

「博士，本傑明堆的樹枝和落葉，有半米高呢。現在不見了，也沒有燒毀的痕跡，而我們帳篷的四周，都是樹枝和落葉，這就是人為移動的，魔怪把樹枝和落葉堆在我們帳篷周圍了。」海倫指着地面説。

「沒錯。」南森點點頭，「不過這僅是起火的『基礎』，魔怪用魔力，引燃了大火，有着魔力的火焰在樹枝和落葉上燃燒，瞬間就燒毀了帳篷。如果是真正的失火，最多也就是從帳篷的一角燒起。」

「為什麼還要用樹枝和落葉作為基礎呢？」派恩問道。

「因為這個魔怪的魔力沒有那麼強，也就是沒有直接對着帳篷噴火的能力，所以借助了樹枝和落葉這種易燃物。」海倫幫着南森解釋說。

「是的。」南森看看海倫，「不過這個魔怪，的確有一定的遮罩自身魔怪反應的能力，否則它在帳篷旁邊活動，保羅早就知道了。剛才這件事，也能印證，它一直在我們身邊活動，知道我們熟睡了。」

「它在哪裏呀？是不是就在這棵樹上看着我們呢？反正它能隱蔽掉魔怪反應。」派恩有些激動，他隨手指着一棵最近的大樹，說道。

「隱蔽自身的魔怪反應，需要消耗大量魔力，而它又是個魔力不足的傢伙，聽上去有些矛盾，但事實應該就是這樣。」南森說着也看了看最近那棵樹上的枝杈，「它縱火的時候，已經消耗了魔力，現在應該躲得很遠了。一般在我們醒着的時候，它也不敢靠得太近，萬一控制不住隱蔽能力，瞬間就會被我們發現的，到時候它連跑都來不及。」

「這可怎麼辦呀？怎麼找到它呀？」派恩叫了起來，「我們還想偵查它呢，結果被它監視着，還燒我們！」

「它一定是想消滅我們這些偵探，消滅了我們，也就沒人偵查它了。」南森說，他指了指地面，「我們先查一下足跡，它在我們的帳篷附近，應該會留下足跡，找到足跡，也許能推斷出它是何種魔怪。」

聽到南森的話，小助手們立即四散行動，他們很快就分好了區域，從帳篷原址向周邊擴散，找尋起魔怪的足跡。

南森帶着保羅也開始尋找魔怪足跡，他走出去幾十米，以帳篷原址為中心點，繞着圈子開始尋找。

天已經開始發亮了，暗夜已經過去。不過他們找了一個小時，什麼都沒有發現。

「一點點痕跡都沒有，難道魔怪會飛嗎？」派恩抱怨地説，「它在我們周圍堆樹枝，怎麼也要一些時間吧，一點足跡都沒留下。」

「保羅，魔怪就在帳篷外堆樹枝，你一點都沒聽到什麼動靜？」本傑明忽然埋怨地問。

「我、我沒聽見，帳篷被完全封閉起來了，而且……」保羅説着看看本傑明，「哎，可能我看電影太投入了，否則怎麼也能感覺到一點動靜。」

「算了，如果當時保羅在帳篷外值守，就好了，可惜沒有如果。」南森擺了擺手，「現在還是先集中注意，找尋線索。」

遠處，一陣鳥的鳴叫聲傳來，隨後有「篤篤篤」的聲音傳來，那是啄木鳥在捉蟲子敲擊樹幹的聲音。

天已經亮了，森林裏不再那麼昏暗了。大家也沒什麼收穫，南森收起了亮光球，不遠處，有一隻小鹿忽然從樹叢後探出頭，發現了南森他們後，小鹿掉頭就跑。

保羅看着那隻逃走的小鹿，以為自己會煞有介事地追一追，但此時一點心情都沒有了，他也很後悔怎麼一點魔怪的動靜都沒有發現。

「看什麼看？」保羅忽然發現本傑明在看着自己，於是很生氣地説，「我知道我這個樣子，你要嘲笑我。回去後博士會給我換一身新的毛髮的，就像是換一身新衣服。」

「誰嘲笑你？」本傑明説，「我們能沒有損傷地從火場裏出來，就萬幸了，哪有功夫嘲笑你？我就是看看你怎麼和平常顏色不一樣了。」

「啊，你還是想嘲笑我。」保羅叫了起來。

「你們都小聲一點。」海倫打斷了他們，她指着不遠處的南森。此時的南森，低着頭，明顯在靜靜地思考着什麼。

「篤、篤、篤——」遠處，一隻勤勞的啄木鳥捉蟲的聲音持續地傳來。

現場安靜了下來，南森察覺到了這種安靜，他轉過身來，微微一笑。

「你們也不用一點聲音都不發。你們聽見了嗎？啄木鳥的聲音都大過你們了。」

「我們擔心打攪你。」海倫緩緩地説，「博士，你……想到什麼了？」

「派恩剛才説，『難道魔怪會飛嗎』；小精靈加西亞也説過，他曾經感到有個魔怪從他頭頂上飛過。這些，都提醒了我。」南森繼續保持者微笑，還看了看派恩。

「是我嗎？」派恩指了指自己，頓時非常得意，「我總是這樣，關鍵的時刻提醒大家，我都習慣了，誰讓我是天下第一超級無敵魔幻小神探呢……『魔怪會飛』就是提醒嗎？」

「對，魔怪會飛。」南森點點頭，「綜合所有的情況來看，我覺得，我們這次查找的魔怪，其實是一隻鳥，或者説是一隻變成魔怪的鳥。加西亞説的頭頂上有魔怪飛過，其實就是這個魔怪。所以説我們在地面上，基本找不到它的任何痕跡。」

「一隻鳥？」派恩瞪大了眼睛，指着啄木鳥捉蟲啄木聲傳來的地方，「是啄木鳥嗎？」

「也許是，但不一定，也可能是其他鳥類，這種鳥，有着長長的、尖尖的喙。」南森説，「為什麼兩個受害者的頭部和脖頸有着鋭器攻擊的傷口，其實就是鳥喙攻擊呀。我們一直推斷，魔怪的身形不大，是個『小魔怪』。是的，一隻鳥能有多大的身軀呢？關鍵是，我們找到的那個魔怪痕跡，就是山毛櫸樹上的一個小圓洞，那其實就是這隻鳥類魔怪，在襲擊了第二個受害者後，它的爪子也沾了受害者的血跡，然後它就逃離現場。也許是累了，它就落在倒下的山毛櫸樹幹上，其中一隻沾了血跡的爪尖嵌進了樹幹，留下了痕跡，也留下了血跡，血跡上有它的魔怪反應，因此被我們檢測出來了。」

「有道理，有道理。」本傑明連連地說，「這個鳥類魔怪，雖然是魔怪，但身體太小，正面攻擊受害者會很不順手，於是就從背後偷襲受害者，只要用它的尖喙啄兩下，就能殺死受害者了。」

「博士，小精靈萊昂說，他第二次進入樹洞睡覺的時候，抬頭看見樹上有一隻鳥，這隻鳥應該就是那個魔怪呀。那時的魔怪遮罩掉了自身的魔怪反應，萊昂睡覺後，魔怪就把那滴血跡弄到樹洞裏了。」海倫激動地說。

「你說的好像也對，但是那滴血怎麼來的？魔怪殺了人好幾天了，還能每天都帶着血嗎？」派恩很是詫異地問。

「有些魔怪，有類似於反芻的能力，吸血後儲存在胃裏，分階段地消化，或者等一段時間後吐出來配置魔藥。」保羅仰着頭，看着派恩，「我和博士很早的時候遇到過這樣的魔怪。」

「明白了，我明白了。」派恩用力地點着頭。

「簡單梳理一下，就是一個鳥類的魔怪，兩次從背後攻擊了受害者。第二次遺留下痕跡，被我們發現了。」南森的語氣比較慢，「不過，不知道什麼原因，這個魔怪也發現我們在找它，於是遠距離跟蹤我們，發現我們抓住小精靈萊昂，後來又把萊昂放了，決定嫁禍給萊昂。它吐了一滴受害者的血在樹洞裏，魔怪吐出來的血，當然沾染了魔怪反應。魔怪把我們引去，不過我們最終還是沒相信萊昂是兇手，於是，就在剛才，魔怪縱火燒我們。因為它是一隻鳥，所以這一切，它都是在空中完成的，地面上不會留下什麼痕跡。」

南森簡明扼要地推論出整個過程，小助手們聽得很認真，聽完之後，他們連連點頭。

「博士，我非常非常贊同你的推論，所以……」派恩指着一棵大樹的樹杈，「我們現在要在空中尋找魔怪痕跡了嗎？」

「這不現實，我們沒辦法從一棵樹的樹杈上跳躍到另一棵樹的樹杈上展開搜索。」南森搖搖頭，「不過沒有關係，只要確定魔怪是一隻鳥，只要它在這個樹林裏，我們有了目標，也就有辦法了……今天我們就撤出森林……」

「今天嗎？」本傑明立即問。

「對，就今天。」南森説着看看保羅，「老伙計，你到這棵樹上，用透視眼穿過樹枝和樹幹檢視周邊，發現有異常的鳥類，立即報告。」

「好的。」保羅晃晃腦袋，他完全明白南森的意思，南森是有重要的決定要公布了，怕被可能隱蔽在周圍的魔怪聽到。

保羅來到最近的一棵大樹下，唸了句魔法口訣，身體飄了起來，他落在一根大樹杈上，站穩後，開啟了透視眼，他的透視眼極具穿透性，幾百米外的景物都看得很清楚，什麼樹幹、樹枝、樹葉，都阻隔不了他的視線。

保羅沒有發現周圍幾百米有任何鳥類，他又向四周發射了十幾條加強探測信號，也沒有任何反應傳回。

「博士，沒有問題。」保羅看着樹下的南森，小聲地喊道。

南森點點頭，隨後拍拍身邊的本傑明，自己先蹲了下去，幾個小助手也蹲下去，圍住了南森。樹上，保羅繼續監視着四周。

「我們再在樹林裏轉一圈，大概到下午的時候，我們就撤出去，盡量把聲勢弄得大一些，魔怪還會在遠處觀察我們，我們要讓魔怪知道，我們找不到它，還被火燒，差點跑不出來，於是就撤離了。」南森壓低聲音說，「最好也能讓魔怪感覺到，我們並沒有察覺那是魔怪放火，這樣我們一走，魔怪就會放鬆警惕，而我們先不要回到魯昂，我們去塞特森林，找萊昂他們，請他們幫忙。」

「幫忙找魔怪嗎？」派恩問。

「幫忙抓魔怪。魔怪就在森林裏，大體範圍已經有了，我想請小精靈們隱蔽地進來幫忙。」南森說，「萊昂他們是樹精靈，有翅膀，飛行能力極強。我們要把魔怪引出來，小精靈們能幫上大忙的。」

「太好了，我覺得他們一定肯幫忙。」海倫有些激動地說，「博士，你說我們要把魔怪引出來？」

「對，我們負責把魔怪引出來。」南森點點頭，「注意，剛剛嘗過鮮血的魔怪會有一種嗜血的慣性的，尤其是新鮮血液。只要時機合適，它們就會下手，所以我們一引它，它就會出來，我有個辦法……」

第十章　求助

五分鐘後，保羅從樹上跳了下來，南森他們向北進發，他們一路懶懶散散的，還有些垂頭喪氣。除了幽靈雷達，他們的裝備全被燒毀了，行進倒是輕裝了。

看上去懶散，暗地裏，他們可是十分警惕的，大家都開啟了透視眼，向遠處望着。他們走出去不到半小時，海倫就低着頭，壓低了聲音。

「兩百米外的山毛櫸樹上，有一隻山雀，不知道是不是監視我們的魔怪？」

「我也看見了。」保羅說，「它也許處於隱蔽自身魔怪反應的情況下，所以我探測不到魔怪反應，但是從形態上看，是一隻普通的山雀。」

「老伙計說得對。」南森壓低聲音說。

他們一路走，一路搜查，並沒有發現魔怪。他們很快就走到了科蒙森林的最北端，他們都聽見前面瑟涅河水的奔湧聲了，過了這條河，就是塞特森林了。

本傑明突然放大了聲音，好像是在大喊一樣。

「博士，我看找不到什麼魔怪了，可能根本就沒有魔怪，我們還差點被燒死，我們這就回去吧——」

「我也覺得應該回去了——」海倫也大聲喊着，「回去就和那個警察局長説沒發現什麼，法國佬很好糊弄的——」

「那就回去吧。」南森點點頭，他指了指遠處的森林，「往回走兩公里，然後一直向西，跨過瑟涅河，繼續向西就回到魯昂了。」

他們説着掉頭就向回走去，一路上説話聲音都變得很大，走了兩公里，他們轉向森林的西面，大概走了不到一小時，他們來到科蒙森林的西端，前面的一段瑟涅河迂迴彎曲，過了河，有一條通向魯昂的路。

瑟涅河有一百多米寬，不過這可攔不住南森他們，他們唸了魔法口訣，身體全都飄了起來，他們用輕身術飛過了瑟涅河。落地後，走了幾十米，就找到了那條小路。

南森回頭看了看，科蒙森林已經在身後了，這個森林還是那麼的安靜，就像是從來沒有出現過魔怪一樣。

南森揮了揮手，大家沿着路向魯昂走去，在他們的北面，就是塞特森林，他們走了一公里多，已經看不到身後的科蒙森林了。南森點了點頭，他們轉身就走進了塞特森林。

此時已經臨近黃昏了，塞特森林裏，也是非常昏暗。

保羅走進去沒多遠，就開始持續發射加強的魔怪探測信號。

「法國的小精靈分布地圖上也記錄說這個森林住着很多的精靈。」派恩邊走邊說，「這裏的風光倒是不錯。」

「什麼不錯呀？除了樹就是樹，你是怎麼看出來不錯的？」本傑明皺着眉說，「路都看不清……」

「心中的風景。」派恩不屑地說，「這個你不懂，這是意境……」

「不要什麼意境了，這裏到底有沒有住着小精靈呀？」本傑明有些焦急地說，「都走進來五公里了吧……」

「有，我發現了。」保羅說道，「前方八百米，有魔怪反應，應該是小精靈，有五、六個呢。」

「那快走呀。」派恩說着就向前跑起來，不過他隨即站住，看了看保羅，「不會是魔怪吧？那我們可真是自投羅網了。」

「哪有那麼多魔怪呀，一定是小精靈。」保羅晃着腦袋說。

派恩聽到這話，立即加快了腳步，大家連忙跟上他，他們越過了森林中的一條小溪，又向前走了一百多米。

「呼——」的一聲，前面的一棵大樹上，跳下來一個小精靈，隨即，又有幾個小精靈從樹上跳了下來。

第一個跳下來的小精靈，正是萊昂。幾個小精靈都站在萊昂身後，看着南森他們。

「喂、喂、喂——這都是誰呀——」萊昂微微地點着頭，說道，「你們這幾個英國佬到我們這裏來幹什麼？你們不是在科蒙森林裏找什麼魔怪嗎？」

南森他們看到了萊昂，都很高興，派恩向前大步走去。

「等一下——別過來——」萊昂做了一個停止前進的動作。

「轟——」的一聲，派恩向前走了兩米，直接掉進一個陷阱裏，陷阱蓋是用樹枝搭的，上面覆蓋着落葉。

「一個、兩個、三個小印第安人，四個、五個、六個小印第安人……」，派恩一掉下去，《十個小印第安人》的音樂聲就響起來了，那歌聲悠揚地蕩漾在森林裏，不過和現場的景象，很不匹配。

「你們——你們害我——」派恩悲慘地在陷阱裏喊道，他滿身都是落葉。

「把他拉起來——」萊昂指了指陷阱，對兩個小精靈說。

兩個小精靈飛過去，飛到陷阱裏，把派恩拉了出來，

放到了地面上。

「我叫你別過來，你不聽。」萊昂有些幸災樂禍地看着派恩，説道。隨後，他看看陷阱另一邊的南森他們，「沒辦法，老大聽説科蒙森林有魔怪，就叫我們挖了好幾處陷阱，陷阱裏還拉了引線，連着人類扔掉的音樂盒，魔怪掉進去，音樂盒就會唱歌。」

「你們用陷阱抓魔怪？能抓住嗎？魔怪一跳就出來了。」海倫説道。

「抓是抓不住，但是音樂盒一響，就等於警報了。」萊昂説道，他忽然扭了扭脖子，手指了指身後，「看看，警報成功，老大來了。」

正説着，只見精靈老大洛朗帶着加西亞等七、八個小精靈，從樹叢後飛了出來。

「怎麼回事……」洛朗飛出來後，看見了南森他們，「噢，英國佬，你們怎麼來了？」

「你們這個陷阱，抓不住科蒙森林裏的那個魔怪。」南森對洛朗説，「因為它可從來不走地面，來吧，有件事，我要你們幫個忙……」

説着，南森走到陷阱前，縱身一躍，跳過了陷阱。

第十一章　林中槍聲

兩天以後，一輛警車把南森他們從魯昂的橡樹酒店送到了科蒙森林南端一公里的一所房子旁，車停下後，南森他們從車裏走了出來，房子旁有一個小樹林，南森他們走進小樹林。保羅走在大家的中間，他的毛髮已經完全換了新的，白色的，很蓬鬆。

南森手裏提着一個很大的背包，還背着一桿獵槍，看上去要去打獵一樣。幾個小助手的表情都很興奮，這個地方人煙稀少，大家走進樹林後，來到一棵大樹下，本傑明很是警惕地對外面看了看。

「現在就開始正式行動。」南森説着把背包放到地上，隨後把拉鍊打開。

「請吧。」保羅搖頭晃腦地，看着海倫他們，笑了笑，手還指了指背包。

「小，原來五分之一小。」海倫唸了句魔法口訣，與此同時，本傑明和派恩也唸出了同樣的魔法口訣。

「唰——」的一聲，海倫他們一起變小了，他們的身體只有原來的五分之一大小，像是小人國裏的居民一樣。

「小朋友們，快去宮殿裏吧。背包宮殿，很舒適，不用你們自己走路。」保羅笑着催促道。

變小的海倫他們爬進了背包，他們站在背包裏，抬頭看着對他們此時而言很巨大的南森。

「博士，辛苦你了。」派恩對南森揮揮手，「不過我們三個這麼小，不重的。」

「沒問題。」南森點點頭，他的手忽然拍了拍自己，唸了一句魔法口訣，「變身……」

「唰——」的一聲，南森變成了一個身材高大的年輕人，大概只有三十歲，眼鏡也變沒了。

「看我的。」保羅看看博士，隨後跳躍起來，輕輕落地，「變身——」

保羅也變成了一條身材高大的獵犬，全身的毛髮是黑色的。保羅很是得意地搖着尾巴，走到了南森身邊。

「可惜，我剛恢復成白色，現在又變成黑色的了。」

「博士，你們這個搭配太像獵人了。」本傑明在背包裏，喊了起來。

「很好，那你們就在背包裏休息吧。」南森説着蹲下身子，開始拉背包的拉鍊，「我們這就出發了。」

南森拉好拉鍊，拿起背包，他滿意地看了看自己，又看看保羅。

南森變成了獵人的打扮，這跟數天前的遇害者很相似。南森心裏盤算着什麼計策呢？

「走吧，老伙計，我們出發。」

「好的。」保羅説着向樹林外走去，「我給小精靈們發個消息，告訴他們我們出發了。」

南森和保羅走出了樹林，前面有一條很窄的小路，一直通向科蒙森林。他倆沿着小路，一路向前，周圍很是安靜，沒有一個人。

不一會，他們就走到了科蒙森林。南森走進了森林，向裏面走了十幾米，忽然停下。

「要宣告我們來了。」

南森説着，舉起獵槍，槍口對着遠處的空地，開了一槍。清脆的槍聲響徹了森林。

「魔怪能聽見。」保羅説道，「它一定就在這個林子裏。」

南森背着槍，向森林深處走去。他在昏暗的森林裏穿行，保羅一會走在他身前，一會走在他旁邊。

「你擠到我了，你往一邊坐着去。」本傑明的聲音從背包裏傳了出來，他似乎又和派恩發生爭執了。

「誰擠你了？你自己站不穩。」派恩的聲音也很大，「我真不想和你待在一個空間裏，整個空間都是你那愚蠢的氣味，我要出去。」

「你們不要吵。」海倫勸架的聲音傳出來，不過她的聲音很輕，幾米外就聽不見了，「派恩，你去哪裏？你又不是不知道，博士變成獵人，保羅變成一隻大狗，我們躲在背包裏，就是怕魔怪發現我們的身分呀，只有從沒見過的獵人才能把魔怪引出來呀……」

「我當然知道，全怪本傑明……」派恩的言語充滿氣憤。

「又吵起來了？」南森扭過頭，問道，「忘了在背包裏設置一個隔音板了。」

「博士，我現在就是隔音板，我站在他倆中間了。」海倫的聲音傳來。

「過一會進入森林的核心地帶了，可不要爭吵了。」南森提醒地回頭説，他的音量也很低。

「本傑明，聽到博士的話了吧？你緊靠着那邊坐。派恩，你靠着那邊坐，對，就坐在幽靈雷達上。」海倫在背包裏安排指揮的聲音傳了出來。

南森帶着的背包裏，很快就安靜下來。一場爭執結束了。而南森向前走了一百多米後，又舉着槍，對着一株大樹的樹冠，開了一槍。

槍聲剛剛響過，遠處就傳來「沙沙」的聲音，一隻兔子急速地從一株灌木旁逃走。

「博士，我們進入森林的消息會在森林裏傳開的。」

保羅笑着説，「現在看很有效果，那個魔怪一定聽見槍聲了。」

「再放一槍，加強它的印象。」南森向前走了幾米，隨後舉起了槍，對着最近的一棵大樹的樹冠，開了一槍。

這個地方的樹木比較疏鬆，能夠看到一些天空，保羅看到天空中有個小小的黑點，閃了一下，很快就不見了。

「博士，博士，我剛才探測到了一點魔怪反應。」保羅緊張地望着天空，聲音似乎都有些顫抖了。

「是魔怪嗎？」南森提着槍，他愣了一下，隨後反應過來，「魔怪在天上飛？」

「只有那麼一下，距離我們四百多米。」保羅説，「然後就不見了，我看到有個小黑點，不知道是不是那個魔怪。」

「有可能是呀。」南森站在那裏，他顯得很是謹慎，他壓低了聲音，「如果魔怪看到是獵人帶着獵犬進入森林，就不會遮罩自己的魔怪反應了，所以你是能捕捉到魔怪信號的。」

「是不是槍聲驚動了魔怪？」保羅問道。

「有可能。」南森點點頭，「也許已經把它引出來了，但槍聲驚動了它。」

「博士，是發現魔怪了嗎？」海倫的聲音從背包裏傳來，「我們的幽靈雷達沒有任何反應呀。」

「好像有魔怪，距離我們四百多米，幽靈雷達探測距離不夠。」保羅對着背包說道。

「我聯繫一下小精靈們，稍等。」海倫說道。

南森小心地看着四周，他慢慢向前走了幾步，保羅跟着南森，昂着頭，看着天空，他頻繁地向四周發射着探測信號。

「博士，保羅，我聯繫了小精靈，他們就在我們周邊呢。」背包拉鍊從裏面被拉開，海倫的頭露了出來。

「我知道。」保羅說道，「他們在我的預警系統裏時隱時現，我把小精靈都標記了，顯示為藍色，魔怪出現是白色。」

「洛朗說他們剛才似乎也發現天空中有個魔怪，但是很快就不見了。」海倫繼續說，「洛朗還不大習慣使用耳機，也沒要我們的幽靈雷達，不過他們對魔怪的天然敏感度可是沒變。」

「叫他們繼續隱身。」南森說道，「我想用不了多久，小精靈們就可以出手了。」

「博士，你是說魔怪在試圖靠近我們了？」海倫問道。

「很明顯呀。」本傑明的頭從背包裏探了出來，他搶着接話，「不知什麼原因，魔怪這次沒有攻擊，但是它出現了。」

「我説，如果把幽靈雷達變得大一倍，那麼探測距離能不能也大一倍呢？」派恩的頭也探了出來。

「回去，快回去。」保羅揮着手，叫了起來，「不能給魔怪看見你們，一被看見，一切都前功盡廢了。」

派恩對保羅做個鬼臉，隨後縮回到了背包裏，海倫和

本傑明也回到背包裏，把拉鍊從裏面拉上。

南森看看沒什麼情況，開始大步向森林深處行進。保羅走在了最前面，遠處，有一陣鳥鳴聲，保羅立即緊張起來。

南森向鳥鳴聲傳來的地方看了看，他使用了透視眼，看到了一隻雲雀，南森感覺就是一隻普通的鳥，他繼續向前走去。

「博士，我們還是要提醒魔怪，獵人在森林裏。」又走了幾百米，保羅説道。

「噢，你説得對。」南森點點頭。

南森站住，舉着槍開了一槍，槍聲劃破寧靜，不遠處的樹上，好幾隻鳥被槍聲驚動，飛走了。

南森背起槍，繼續向前走去，他們已經深入到林中有五公里了，已經處於森林的核心區域了，這一片的林木非常茂盛，有些地方幾乎是樹連着樹，走路都要繞行。

保羅突然身體一滑，歪倒下去，他不小心踩在了一處苔蘚上。

「沒事，我沒事。」保羅説着站了起來，快步離開了那片苔蘚。

「小心點。」南森提醒道。

「博士，它好像來了。」保羅突然説，他站在那裏，聲音也壓得很低。

「方位？」南森簡單地問。

「9點方向，高空中，距離我們六百米，越來越近了。」保羅説，「應該就是一隻鳥。」

「不要往那個方向看。」南森提醒説，「老伙計，你走到我的前面去，不要驚動它，就讓它從後面攻擊。」

保羅連忙走到南森的身前，他倆全都放慢了腳步，但是仍在前進。

「博士，魔怪在靠近，洛朗他們也探測到了。」海倫在背包裏，拍了拍南森的後背，説道。海倫在背包裏，一直用耳機和小精靈們聯絡。

「準備迎戰。」南森扭頭，小聲説。

海倫答應一聲，不説話了。而南森他們則繼續走着，他們走在一棵大橡樹下，保羅停了一下，看着前方，脖子稍稍轉向南森。

「在我們的七點鐘方向，它繞到我們後面了，距離我們兩百米。」

「不要往後看，等它過來。」南森説，「不要使用追妖導彈，這次一定要抓活的。」

「明白。」保羅説着，向前邁了兩大步。

南森感知着身後的情況，他知道那個魔怪越來越近了，他和小精靈們布下的羅網，正在等候着魔怪的到來。

南森走過了大橡樹，前面出現了一小塊空地，空地上只有一棵倒下的大樹，樹幹上長滿了苔蘚。南森慢慢地走到那倒下的大樹前，他感覺到了身後的殺氣。

一隻啄木鳥，出現在了南森的後方，這隻啄木鳥體型相對較大，頭冠是紅色的，羽毛則是藍白相間，牠雙目露出兇光，從高大的樹梢上俯衝而下，落在了南森身後十多米的一棵大樹的樹杈上。

南森繼續向前走着，而啄木鳥死死地盯着南森，牠看到保羅走在更前面，一個獵人和他的獵犬，完全在專注打獵。

啄木鳥縱身一躍，飛了起來，牠的眼睛一直看着南森的腦後，尖爪已經露出寒光，牠那長長的尖喙對準了目標。

保羅的尾巴向左甩了兩下，隨後又向右甩了兩下，他發出了暗號——魔怪正在展開攻擊。

啄木鳥像一枝射出的箭一樣，急速飛來，準備落在獵人肩膀上，沒等這個獵人來得及反應，只要牠一啄下去，就是一個致命攻擊。啄木鳥快速接近，距離南森不到五米了。

「嗨——」派恩和本傑明的頭忽然從背包裏露了出

來，他們是從背包裏拉開拉鍊的，而背包上，他們早就開了兩個小洞，可以從小洞向外瞭望。

啄木鳥看到背包打開，兩個很小的人探出頭，嚇了一跳，牠立即在空中懸停，拚命扇動翅膀。

海倫也把頭露了出來，他們三個隨即從背包裏跳了出來，隨後落在地上，他們各唸恢復口訣，很快就變回到原來的身形。

南森端着獵槍，也已經轉過身來，他抓着獵槍，對準了啄木鳥。

啄木鳥完全愣住了，牠一直不明白到底發生了什麼。這時，獵人的容貌發生了變化，變回了南森的樣子，而保羅轉身跑過來，也恢復了以往的模樣。

啄木鳥頓時明白了一切，牠懸停着，瞪着南森他們，似乎還不死心，還想展開攻擊。

「我們知道你是魔怪，你跑不了了。」南森瞄準着啄木鳥，説道。

「你們算計我！」啄木鳥説着身體拉成一條直線，尖尖的喙對着南森，準備刺向南森，「啊，我要殺死你——」

「砰——」的一聲，南森對着啄木鳥開了一槍。

啄木鳥中了一槍，幾根羽毛掉落下去，牠也在空中彈了一下，不過這啄木鳥是魔怪，子彈對牠的傷害極低。啄木鳥在空中調整了一下飛行姿勢，再次衝向南森。

「嗖——嗖——」海倫揚手射出兩道電光，一道擦着啄木鳥魔怪的身子飛過去，另外一道正中它的肚子，本來已經飛到南森面前的啄木鳥慘叫一聲，在半空中打個轉，隨後快速拉起，距離地面有十米高。

本傑明向居高臨下的啄木鳥射出了一枚凝固氣流彈，啄木鳥連忙躲過，它一張嘴，「呼——」的一聲，一個散射着烈焰的火珠對着本傑明就飛了過去，本傑明連忙閃身，火珠落在他的身邊，爆炸了。爆炸散發出的火焰打在本傑明的腿上，頓時引燃了他的褲子，本傑明連忙用手拍擊着火點，派恩也上來幫助他滅火。

「呼——呼——」啄木鳥在空中轉着頭，開始向南森和海倫射出火珠。

南森和海倫躲避着，火珠射在地面上，連連爆炸，地面上火焰四濺，本傑明已撲滅腿上的火，被派恩拉着躲到了一棵樹後。半空中，那隻啄木鳥得意洋洋。

「啪——」的一聲，一塊圓球狀、比乒乓球略小一些的石頭重重地砸在啄木鳥的身上，啄木鳥在空中翻個跟頭，差點掉下來。

「打中了——」保羅興奮地大喊一聲，那塊石頭是他用追妖導彈發射架發射出去的，這次南森指示一定要抓活的，保羅的導彈發射架裏，兩枚導彈被卸下，換上了兩個石頭。

保羅對着啄木鳥，又射出去一枚石頭，啄木鳥慌忙躲過。這時，兩道電光射了過來，啄木鳥躲閃不及，兩道電光全部命中了它。它慘叫一聲，從天空中直直地落了下來，摔在了地上。

射出電光的南森和海倫，他倆連忙走向摔在地上的啄木鳥，想看看情況。

「好——這麼容易就抓到了——」派恩從樹後跑了出來，他掏出了自己的捆妖繩，「本傑明，這麼小的魔怪，該怎麼捆呀——」

「先抓到再説。」本傑明跟着派恩從樹後跑了出來。

啄木鳥在地面上抽搐着，南森和海倫走了過去，站在啄木鳥身前，海倫也拿出了捆妖繩。

「先抓住它——」派恩跑過來，伸手就去抓啄木鳥。

啄木鳥停止了抽動，伸出腳爪，對着派恩伸過來的手就抓過去，派恩來不及躲閃，手背被抓，血當即就冒了出來。

海倫衝上去，一拳打了過去，這時的啄木鳥高速旋轉起來，它的尖喙朝上，身體完全直立，整個身體就像是一

這個啄木鳥魔怪的尖喙就像高速鑽頭，有誰可以克制它呢？

個高速旋轉的鑽頭一樣。海倫的手打在了啄木鳥身上，但是立即被彈開，海倫的手指背也被割破，她叫了一聲，快速把手縮了回來。

啄木鳥旋轉着衝上了天，本傑明甩出一枚凝固氣流彈，命中啄木鳥後同樣被迅速彈開。本傑明想唸輕身術起飛去追，但是被南森拉住。

「這個魔怪是鳥類，最後的逃生手段一定是飛行，我們在天空中布置了防禦的。」

南森看着越飛越遠的啄木鳥說，他一副很平靜的樣子。

第十二章　空中圍捕

啄木鳥魔怪很快就飛高了一百多米，看到南森他們沒有追來，它很是高興，身體不再旋轉，變成正常飛行狀態，向西飛去。

啄木鳥剛飛出去五十米，忽然，它的正面出現了一個小精靈，這個小精靈正是萊昂，他就像從空氣中變出來的一樣，因為他剛才一直在空中保持隱身狀態。

啄木鳥一驚，立即轉身想向反方向飛去，不過剛飛出去十多米，加西亞在空中出現。接着，啄木鳥的下方，兩個小精靈出現，而在它的上方，精靈老大洛朗帶着另外一個小精靈，從更高處壓了下來。

小精靈們自從南森進入到森林裏，就一直隱身躲在南森他們的周圍，這是大家已經商議好的。南森判斷把鳥類魔怪引出來後，魔怪一定抵擋不住魔法師們的圍攻，所以會用高飛的方式逃走，而南森他們在空中追擊搏鬥的能力比地面要弱一些，最好的方式就是由會飛行的小精靈來圍捕魔怪。

啄木鳥的左右兩側，也各出現了兩個小精靈，啄木鳥已經被全方位包圍了，它很是慌張。

「喂，那天就是你在冤枉我，往樹洞裏弄了一滴血——」萊昂追上來，大喊着，「幸好胖老頭什麼都明白，他可沒那麼好騙——」

「大家一起揍它——」洛朗在更高空，對着所有小精靈大喊着。

啄木鳥晃了晃身子，它的身體再次高速旋轉起來，隨後對着面前的加西亞就衝了過去。

加西亞看到啄木鳥衝過來，也不躲閃，他伸手就抓住了啄木鳥的尖喙。啄木鳥處於高速旋轉狀態，加西亞也被帶得旋轉起來。而啄木鳥的身後，萊昂也衝過來，抓住了它的尾巴，隨即也被帶到旋轉起來。

萊昂和加西亞跟着啄木鳥旋轉，他們旋轉自如，一點都沒有被甩出去的跡象，反倒是啄木鳥，帶着兩個小精靈旋轉，很快就失去了體力，它慢慢停了下來。

「嗨，怎麼停下來了？」萊昂笑了起來，「喂，加西亞，你往左，我往右呀，明白嗎？」

「明白。」加西亞喊道。

萊昂抓着啄木鳥的尾巴向右轉，加西亞抓着啄木鳥的尖喙向左轉，啄木鳥的身體頓時扭曲起來，它拚命地想掙脱，這樣的旋轉下，它的身體會被扭斷的。

啄木鳥用力掙脫着，加西亞先鬆開了手。

「萊昂，胖老頭說爭取抓活的——」

「好的，那就抓活的，我現在抓住它了。」萊昂喊道。

洛朗從空中衝下來，一把抓住了啄木鳥的身體，隨後一拳打上去，打在啄木鳥的頭上。

「魔怪，叫你知道我們塞特森林三兄弟的厲害——」

啄木鳥慘叫一聲，當即就暈了過去。萊昂抓着啄木鳥的尾巴，啄木鳥的身體已經完全垂了下去，被風一吹，還有些晃蕩。

「哇，老大，你把它打死了。」萊昂叫了起來，「胖老頭要活的。」

「啊？這麼容易就死了嗎？還是魔怪呢，可真給它們魔怪界丟臉。」洛朗有些慌張地說。

啄木鳥躺在地上，一動不動的。南森他們看見它掉落下來，連忙走過去。海倫蹲下去，碰了碰啄木鳥。

啄木鳥的身體忽然動了動，海倫長出了一口氣。

「還以為被小精靈打死了。」

「先捆住它。」派恩也蹲下去，他拿着捆妖繩，「該怎麼捆呀？先把它的腳綁住吧。」

派恩用捆妖繩把啄木鳥的雙腳捆住，隨後把繩子一拉，啄木鳥被吊了起來，派恩晃了晃繩子，啄木鳥也來回晃了幾下。

「胖老頭——」小精靈們從空中飛下來，洛朗喊道，「魔怪被我們給打死了吧？」

「還活着呢。」本傑明說，「剛才還動了呢。」

「我說還活着吧。」洛朗看看萊昂，「怎麼也是個魔怪，哪有那麼不經打。」

「哎喲——哎喲——」啄木鳥睜開了眼睛，呻吟起來，「你們放了我——」

「別做夢了。」派恩嘲弄地說，「我們是準備買個鳥籠子，把你養在鳥籠子裏，每天聽你的叫聲，哈哈哈……」

「派恩，你和一個魔怪開什麼玩笑。」海倫不高興地說，「把它放在地上，有些事情要好好問問它。」

「它是怎麼誣陷我的，這個要好好問問。」萊昂叫了起來。

「你叫什麼？」南森蹲下身子，盯着啄木鳥，問道。

「莫蘭。」啄木鳥魔怪倒是很配合，直接說出自己的名字，「魔法師，鬆開我腳上的繩子，好嗎？我很難受。」

「派恩，把它鬆開。」南森說道。

「博士，它……」派恩有些猶疑地說。

「鬆開吧，它這個樣子，還能跑嗎？」南森說道。

派恩把捆妖繩鬆開，收了起來。魔怪莫蘭應該是受到了重擊，沒有站起來，而是繼續躺在地上。

「我是倫敦的魔法偵探南森。」南森看看叫莫蘭的魔怪，「簡單說吧，科蒙森林這半年裏的兩次謀殺，都是你做的？」

莫蘭看了看南森，隨後連忙轉頭，眼睛也不知道看向什麼地方，

「是我幹的。」莫蘭輕輕地說。

「承認了，很好。」南森點點頭，「那我們就一步一步來吧，首先，我們很想知道你是怎麼變成一個魔怪的？你不是一隻啄木鳥嗎？」

「四百多年前，我以前在奧爾良，那裏有個巫師，叫特拉，他抓到了我，訓練我幫他偷東西，就是飛到城堡裏叼走城堡主人的貴重首飾什麼的，後來他開始餵我魔藥，最後把我變得很有魔性，我就成了一個魔怪了。」莫蘭說。

「在科蒙森林裏的兩個人之前，你還有沒有這樣的行為？」南森繼續問。

「沒有，我在奧爾良那裏生活得還不錯。」莫蘭說，「馴養我的那個巫師，也擁有了一座城堡，然後他的一家就一直住在城堡裏。後來他死了，給我留了一間城堡頂部的閣樓，那裏有他留下的無數魔藥，我依靠這些魔藥就能獲得魔力，而他的家人也從來不上閣樓來。他的家人就一直在城堡裏生活，一代又一代，當然，他的後代不是巫師，都是正常人。一年前，城堡最後的主人把這個家產賣

給了當地政府，全家搬到巴黎去住了，而城堡立即被開發成了古跡博物館，還對外售票。那個閣樓進來了人，剛好那天我不在，所有魔藥，都被扔到了垃圾場，我在那裏也住不下去了，我就到處流浪，最後落在了科蒙森林。我覺得這裏還不錯，我不想一直流浪，就在這裏生活下去。」

「這樣說……」南森頓了頓，「你在這裏害人，是獲取人血代替魔藥了，你們這些魔怪，不總是依靠人血或者魔藥生存嗎？」

「是，你都知道，不用多問了。」莫蘭說，「殺了兩個人後，我都吸了血。」

「不對呀，警方法醫檢測過血量的，受害者的血量沒有減少很多呀。」派恩大叫起來。

「哎，你看看它的體型，它能吸多少血呀。」海倫拉了看派恩，指着莫蘭說，「每個人的血量都不一樣的，法醫也只能在大致範圍內測出一個人的總血量，這個魔怪吸走的血，一定在誤差值範圍內呀。它體型實在太小了，吸不了多少血的。」

南森在一邊，看看大家，點着頭，表示完全認同海倫的話，派恩也明白了海倫所說的道理，不再說話了。

「你對受害者的攻擊方式，就像剛才對我那樣從背後襲擊，對吧？」南森再次問道。

「我體型小，正面攻擊的時候，哪怕面對一個人類，也有些費力。但是我的嘴巴攻擊力強，像尖刀一樣，從背後攻擊是我最好的方式。」莫蘭說着，慢慢地站了起來。

「我們現在大概知道了你行兇的過程和原因，現在，就來談談你在案發後的行為了。」南森說着指了指不遠處的樹林，「你在案發後，沒想到會有魔法偵探來查案嗎？沒想過逃走嗎？」

「我想住在這裏，不想流浪了。」莫蘭揮了揮翅膀，「我當然很害怕，但是我想，沒人會懷疑一隻啄木鳥的，我在這片森林裏，就是一隻啄木鳥，所以我只是很警惕，我不想走。」

「那你是怎麼發現我們在查這個案子的？你把血滴嫁禍給小精靈的行為，證明了你知道我們在查這個案子。」南森威嚴地説。

「我剛才説過了，我很警惕。」莫蘭用力比畫着翅膀，「前幾天警察把你們帶來的時候，我在高空飛過，我看見了你們，不過距離遠，你們的那種探測設備，發現不了我。我當時就想你們可能是魔法偵探了，因為你們穿着便衣。第二天你們又進到森林裏，我就更懷疑了，所以隱蔽了自身的魔怪反應，靠近你們……我體型小，隱蔽自身魔怪反應容易些，雖然也要耗費魔力。」

「體型小，有時候倒成了你的優勢了。」南森先是打斷了莫蘭的話，隨後擺擺手，「你繼續。」

「我聽見你們説話了，還在吵架呢，你們説的話很清楚了，就是來抓我的，我當然就知道你們是魔法偵探了。」莫蘭很無辜地説。

「哇，本傑明，都是你和我吵架，那麼大聲，把魔怪引來了——」派恩指着本傑明説。

「你還好意思説我，是你和我吵架——」本傑明毫不示弱，他瞪大眼睛，顯得很氣憤。

「停——停——不要吵了——」海倫連忙站到他們中間，大聲地說。

「哈哈哈哈……」萊昂和加西亞幸災樂禍地在一邊笑起來。

派恩和本傑明互相瞪着，不再吵了。

「那滴血，是你滴進樹洞陷害小精靈的吧？」南森在莫蘭面前來回走了兩步，問道，「你怎麼還存着受害者的血呢？」

「我們是樹精靈……」洛朗小聲地糾正說。

南森看看洛朗，沒說話。洛朗聳了聳肩，隨後看着魔怪莫蘭。

「是。我一直和你們保持着距離來跟蹤你們，後來你們抓了小精靈，懷疑是他殺人，我很高興，但是你們又放了他。你們走後，我就把那滴血吐進樹洞裏，我以為這下你們就一定會抓走小精靈了。」莫蘭說，「血是我存在胃裏的，我想消化掉就消化掉，不想就存在胃裏，我有這個能力。」

「我就說我是被冤枉的。」萊昂眉飛色舞地揮着手說，他看看莫蘭，「告訴你，我們是樹精靈……」

「剛才我們進入森林後，你是不是曾經靠近過我們？」南森又問，「你是不是那個時候就想攻擊我了，可為什麼沒有呢？」

「是，當時你們變成獵人，我不知道。前兩天我以為你們找不到我就走了，再也不來了。」莫蘭説着低下了頭，「剛才我以為獵人來了，就想殺了你。我明白剛剛殺過人，如再殺第三個就會引來魔法師大圍剿，但我就是控制不住自己，因為我嘗過鮮血了，我特別想喝到人類的新鮮血液……不過第一次衝下來時，你忽然開了一槍，我以為被發現，就飛走了。後來看看沒事，就跟上來再次攻擊，結果……」

莫蘭不説話了。南森低着頭，在那裏想着什麼，一分鐘後，他看看大家。

「我看基本情況，就這樣了。我們可以先回去了，小……樹精靈們，也可以回塞特森林了。」

「那它……」海倫指了指莫蘭。

「帶回去，交給法國的魔法師聯合會詳細審訊後處理。」南森説着看看莫蘭，「它最終會被嚴懲的，一個殺害兩個人的魔怪，只配這樣的結果……」

尾聲

一周後，倫敦的貝克街地鐵站，南森帶着幾個小助手，走進地鐵裏。保羅扮做寵物狗，被海倫抱着。

「這個時間，市中心根本就找不到停車位，所以乘坐地鐵就是最好選擇，只是到達自然史博物館的時間要長一些。」南森抓住一根杆子，説道，地鐵裏的人還是不少的，「但要是找車位，花的時間更多。」

「我明白。」本傑明説，地鐵此時已經開動了，「可是這次的專題特展『歐洲鳥類』……總感覺有點不舒服，我們剛剛抓了一隻啄木鳥魔怪呀。」

「哎，又不是所有鳥類都是魔怪，你想得可真多。」海倫説，「那隻啄木鳥僅僅是自己變成了魔怪。」

本傑明點了點頭，忽然，他看到了派恩。

「派恩，你倒是沒説話，要是以往你早和我爭吵起來了。喂，我説，你看什麼呢？」

本傑明身邊的派恩，眼睛直直地盯着一個坐在對面的小男孩，那個孩子和派恩一樣大，他也直直地盯着派恩。

「噓——別説話——」派恩看看本傑明，隨後又盯着那個小男孩。

小男孩一直盯着派恩。

「我、我覺得你非常像我小學同學克雷爾，我還把一條蟲子放進過你的衣領裏。」派恩終於開口了。

「派恩，你這笨蛋，我就是克雷爾。」小男孩說，「怎麼？你還是那麼愚蠢嗎？」

「哇，真是你呀，克雷爾，那條蟲子還好嗎？」派恩大叫起來。

「派恩，你這笨蛋，你怎麼改不了笨蛋本色，這是公眾場合，你叫什麼叫？你還是這樣自以為是嗎？」小男孩瞪着派恩，不客氣地教訓說。

「我證明，他一直是自以為是。」本傑明激動地說。

南森和海倫看着他們，都搖了搖頭，隨後笑了起來。

推理時間

麥克警長，蘇格蘭場（倫敦警察廳）高級督察，南森和警方的聯絡人，也是一名大偵探，屢破奇案。當然，他所偵辦的都是人類世界中的案件。一起來看看他偵辦過的案件，運用你的推理能力，想一想他是如何破案的呢？

搏鬥現場

一家珠寶店報案，說剛剛遭到了搶劫。麥克警長立即帶着兩個警員前往。

珠寶店裏，只有一個店員托尼，另外一個店員外出吃午飯了。托尼說就在那個店員剛走一分鐘，一個搶匪就衝進店內，假裝買珠寶，在看貨的時候，搶匪抓起一枚價值十萬英鎊的鑽戒就跑。托尼追上去，和搶匪在門口激烈搏鬥，但是被搶匪用一把椅子砸傷，那把椅子是顧客坐着看貨用的。最後搶匪跑了，受傷的托尼報了警。

「就在這裏搏鬥的，這裏的東西都砸壞了，我的頭也被砸中，之後倒在地上。」托尼捂着頭，指着門口區域，説道。

門口區域，有一排櫃台，最外面櫃台的側面玻璃都碎了，櫃台也歪斜了。

櫃台裏面的珠寶倒是都在，櫃台上面還好，擺放着一個算帳用的計算機，地面上則扔着那把椅子。

「當時他就掄起椅子砸我，我背靠着櫃台，躲閃着，躲過去幾下，他都砸在櫃台上，不過我最後還是被砸中了。」托尼繼續向麥克警長講述剛才的情況。

「門口這個區域，不大呀。」麥克説道，「他用椅子當武器，你躲不開的。」

「主要是我不想讓他跑掉，出了門就更難追了，我想把他攔在這裏。」托尼説。

「你不要演戲了。」麥克忽然説道，「我認為，這一切都是你策劃的，那個劫匪是你的同夥，而這個區域的搏鬥現場，是你偽造的。」

「啊？」托尼愣住了。

麥克警長説出了他的發現，果然，托尼確實是偽造了現場，而逃走的搶匪就是他的同夥。兩人準備事成之後賣掉那枚鑽戒再分贓。

請問：麥克警長發現了什麼，因此指出現場是偽造的？

答案：搶匪用椅子連續砸托尼，多次砸在櫃台上，應該是櫃台上面的玻璃被砸壞，而不是側面玻璃被砸壞。現場的櫃台則是側面玻璃被砸壞，上面玻璃完好，還放着一台計算機。

下冊預告

魔幻偵探所 53

莊園古堡中一面古鏡子，竟是密室疑案的關鍵？

在英國海斯鎮裏一個莊園聚會竟然發生了殺人案！明明攝像監控拍不到房間有任何人進入過，但房中賓客就是離奇地遇襲死亡了。警方雖然懷疑是魔怪所為，但在房間中最可疑的，竟然只有一面古老的鏡子？

南森一行人今次要在古堡探尋隱藏的魔怪，但對手詭計多端，而且魔力正盛，既會脅持人質，其戰鬥力就連經驗老到的南森也自歎不如。南森因而萌生退休的念頭，幾位小助手們要怎樣捉拿這魔怪呢？

魔幻偵探們即將接受更離奇的任務！

魔幻偵探所 52
幽暗森林謎案

作　　者：關景峰
繪　　圖：陳焯嘉
責任編輯：黃楚雨
美術設計：李成宇
出　　版：新雅文化事業有限公司
香港英皇道499號北角工業大廈18樓
電話：（852）2138 7998
傳真：（852）2597 4003
網址：http://www.sunya.com.hk
電郵：marketing@sunya.com.hk
發　　行：香港聯合書刊物流有限公司
香港荃灣德士古道220-248號荃灣工業中心16樓
電話：（852）2150 2100
傳真：（852）2407 3062
電郵：info@suplogistics.com.hk
印　　刷：中華商務彩色印刷有限公司
香港新界大埔汀麗路36號
版　　次：二〇二二年十一月初版

ISBN：978-962-08-8123-7

18/F, North Point Industrial Building, 499 King's Road, Hong Kong
Published in Hong Kong SAR, China
Printed in China